名家散文珍藏

郁达夫散文

郁达夫 著

浙江文艺出版社

扫一扫，走近名家

目录

别样的孤独

屐痕处处

闲书

别样的孤独

在柳树影里披了月光走回家来，我一边回味着刚才在月光里和她两人相对时的沉醉似的恍惚，一边在心的底里，忽儿又感到了一点极淡极淡，同水一样的春愁。

悲剧的出生

——自传之一

“丙申年，庚子月，甲午日，甲子时”，这是因为近年来时运不佳，东奔西走，往往断炊，室人于绝望之余，替我去批来的命单上的八字。开口就说年庚，倘被精神异状的有些女作家看见，难免得又是一顿痛骂，说：“你这丑小子，你也想学起张君瑞来了么？下流，下流！”但我的目的呢，倒并不是在求爱，不过想大书特书地说一声，在光绪二十二年十一月初三的夜半，一出结构并不很好而尚未完成的悲剧出生了。

光绪二十二年（西历一八九六）丙申，是中国正和日本战败后的第三年；朝廷日日在那里下罪己诏，办官书局，修铁路，讲时务，和各国缔订条约。东方的睡狮，受了这当头的一棒，似乎要醒转来了；可是在酣梦的中间，消化不良的内脏，早经发生了腐溃，任你是如何的国手，也有点儿不容易下药的征兆，却久已流布在上下各地的施设之中。败战后的国民——尤其是初出生的小国民，当然是畸形，是有恐怖狂，是神经质的。

儿时的回忆，谁也在说，是最完美的一章，但我的回忆，却尽是些空洞。第一，我所经验到的最初的感觉，便是饥饿，对于饥饿的恐怖，到现在还在紧逼着我。

生到了末子，大约母体总也已经是亏损到了不堪再育了，乳汁的稀薄，原是当然的事情。而一个小县城里的书香世家，在洪杨之后，不曾发迹过的一家破落乡绅的家里，雇乳母可真不是一件细事。

四十年前的中国国民经济，比到现在，虽然也并不见得凋敝，但当时的物质享乐，却大家都在压制，压制得比英国清教徒治世的革命时代还要严刻。所以在一家小县城里的中产之家，非但雇乳母是一件不可容许的罪恶，就是一切家事的操作，也要主妇上场，亲自去做的。像这样的一位奶水不足的母亲，而又喂乳不能按时，杂食不加限制，养出来的小孩，哪里能够强健？我还长不到十二个月，就因营养的不良患起肠胃病来了。一病年余，由衰弱而发热，由发热而痉挛；家中上下，竟被一条小生命而累得精疲力尽；到了我出生后第三年的春夏之交，父亲也因此以病以死；在这里总算是悲剧的序幕结束了，此后便只是孤儿寡妇的正剧的上场。

几日西北风一刮，天上的鳞云，都被吹扫到东海里去了。太阳虽则消失了几分热力，但一碧的长天，却开大了笑口。富春江两岸的乌桕树，槭树，枫树，振脱了许多病叶，显出了更疏匀更红艳的秋社后的浓妆；稻田割起了之后的那一种和平的气象，那一种洁净沉寂，欢欣干燥的农村气象，就是立在县城这面的江上，远远望去，也感觉得出来。那一条流绕在县城东南的大江哩，虽因无潮而杀了水势，比起春夏时候的水量来，要浅到丈把高的高度，但水色却澄清了，澄清得可以照见浮在水面上的鸭嘴的斑纹。从上江开下来的运货船只，这时候特别地多，风帆也格外地饱；狭长的白点，水面上一条，水底下一条，似飞云也似白象，以青红的山，深蓝的天和水做了背景，悠闲地无声地在江面上滑走。水边上在那里看船行，摸鱼虾，采被水冲洗得很光洁的白石，挖泥沙造城池的小孩们，都拖着了小小的影子，在这一个午饭之前的几刻钟里，鼓动他们的四肢，竭尽他们的气力。

离南门码头不远的一块水边大石条上，这时候也坐着一个五六岁的小孩，头上养着了一圈罗汉发，身上穿了青粗布的棉袍子，在太阳里张着眼望江中间来往的帆樯。就在他的前面，在贴近水际的一块青石上，有一位十五六岁像是人家的使婢模样的女子，跪着在那里淘米洗菜。这相貌消瘦的孩子，既不下来和其他的同年辈的小孩们去同玩，也不愿意说话似的只沉默着在看远处。等那女子洗完菜后，站起来要走，她才笑着问了他一声说："你肚皮饿了没有？"他一边在石条上立起，预备着走，一边还在凝视着远处默默地摇了摇头。倒是这女子，看得他有点可怜起来了，就走近去握着了他的小手，弯腰轻轻地向他耳边说："你在惦记着你的娘么？她是明后天就快回来了！"这小孩才回转了头，仰起来向她露了一脸很悲凉很寂寞的苦笑。

这相差十岁左右，看去又像姐弟又像主仆的两个人，慢慢走上了码头，走进了城垛；沿城向西走了一段，便在一条南向大江的小弄里走进去了。他们的住宅，就在这条小弄中的一条支弄里头，是一间旧式三开间的楼房。大门内的大院子里，长着些杂色的花木，也有几只大金鱼缸沿墙摆在那里。时间将近正午了，太阳从院子里晒上了向南的阶檐。这小孩一进大门，就跑步走到了正中的那间厅上，向坐在上面念经的一位五六十岁的老婆婆问说：

"奶奶，娘就快回来了么？翠花说，不是明天，后天总可以回来的，是真的么？"

老婆婆仍在继续着念经，并不开口说话，只把头点了两点。小孩子似乎是满足了，歪了头向他祖母的扁嘴看了一息，看看这一篇她在念着的经正还没有到一段落，祖母的开口说话，是还有几分钟好等的样子，他就又跑入厨下，去和翠花作伴去了。

午饭吃后，祖母仍在念她的经，翠花在厨下收拾食器；除时有几声洗锅子泼水碗相击的声音传过来外，这座三开间的大楼和大楼外的大院子里，静得同在坟墓里一样。太阳晒满了东面的半个院子，有几匹寒蜂和耐得起冷的蝇子，在花木里微鸣蠢动。靠阶檐的一间南房内，也照进了太阳光，那小孩子只静悄悄地在一张铺着被的藤榻上坐着，翻着几本刘永福镇台湾，日本蛮子桦山总督被擒的石印小画本。

等翠花收拾完毕，一盆衣服洗好，想叫了他再一道地上江边去敲濯的时候，他却早在藤榻的被上，和衣睡着了。

这是我所记得的儿时生活。两位哥哥，因为年纪和我差得太远，早就上离家很远的书塾去念书了，所以没有一道玩的可能。守了数十年寡的祖母，也已将人生看穿了，自我有记忆以来，总只看见她在动着那张没有牙齿的扁嘴念佛念经。自父亲死后，母亲要身兼父职了，入秋以后，老是不在家里；上乡间去收租谷是她，将谷托人去砻成米也是她，雇了船，连柴带米，一道运回城里来也是她。

在我这孤独的童年里，日日和我在一处，有时候也讲些故事给我听，有时候也因我脾气的古怪而和我闹，可是结果终究是非常痛爱我的，却是那一位忠心的使婢翠花。她上我们家里来的时候，年纪正小得很，听母亲说，那时候连她的大小便，吃饭穿衣，都还要大人来侍候她的。父亲死后，两位哥哥要上学去，母亲要带了长工到乡下去料理一切，家中的大小操作，全赖着当时只有十几岁的她一双手。

只有孤儿寡妇的人家，受邻居亲戚们的一点欺凌，是免不了的；凡我们家里的田地被盗卖了，堆在乡下的租谷等被窃去了，或祖坟山的坟树被砍了的时候，母亲去争夺不转来，最后的出气，就只是在父亲像前的一场痛哭。母亲哭了，我是当然也只有哭，而将我抱入怀里，时用柔和的话来慰抚我的翠花，总也要泪流得满面，恨死了那些无赖的亲戚邻居。

我记得有一次，也是将近吃中饭的时候了，母亲不在家，祖母在厅上念佛，我一个人从花坛边的石阶上，站了起来，在看大缸里的金鱼。太阳光漏过了院子里的树叶，一丝一丝地射进了水，照得缸里的水藻与游动的金鱼，和平时完全变了样子。我于惊叹之余，就伸手到了缸里，想将一丝一丝的日光捉起，看它一个痛快。上半身用力过猛，两只脚浮起来了，心里一慌，头部胸部就颠倒浸入到了缸里的水藻之中。我想叫，但叫不出声来，将身体挣扎了半天，以后就没有了知觉。等我从梦里醒转来的时候，已经是晚上了，一睁开眼，我只看见两眼哭得红肿的翠花的脸伏在我的脸上。我叫了一声："翠花！"她带着鼻音，轻轻地问我："你看见我了么？你看得见我了么？要不要水喝？"我只觉得身上头上像有火在烧，叫她快点把盖在那里的棉被掀开。她又轻轻地止住我说："不，不，野猫要来的！"我举目向煤油灯下一看，眼睛里起了花，一个一个的物体黑影，却变了相，真以为是身入了野猫的世界，就哗的一声大哭了起来。祖母、母亲，听见了我的哭声，也赶到房里来了，我只听见母亲吩咐翠花说："你去吃夜饭去，阿官由我来陪他！"

翠花后来嫁给了一位我小学里的先生去做填房，生了儿女，做了主母。现在也已经有了白发，成了寡妇了。前几年，我回家去，看见她刚从乡下挑了一担老玉米之类的土产来我们家里探望我的老母。和她已经有二十几年不见了，她突然看见了我，先笑了一阵，后来就哭了起来。我问她的儿子，就是我的外甥有没有和她一起进城来玩，她一边擦着眼泪，一边还向布裙袋里摸出了一个烤白芋来给我吃。我笑着接过来了，边上的人也大家笑了起来，大约我在她的眼里，总还只是五六岁的一个孤独的孩子。

水样的春愁

——自传之四

洋学堂里的特殊科目之一，自然是伊利哇拉的英文。现在回想起来，虽不免有点觉得好笑，但在当时，杂在各年长的同学当中，和他们一样地曲着背，耸着肩，摇摆着身体，用了读《古文辞类纂》的腔调，高声朗诵着皮衣啤，皮哀排的精神，却真是一点儿含糊苟且之处都没有的。初学会写字母之后，大家所急于想一试的，是自己的名字的外国写法；于是教英文的先生，在课余之暇就又多了一门专为学生拼英文名字的工作。有几位想走捷径的同学，并且还去问过先生，外国《百家姓》和外国《三字经》有没有得买的？先生笑着回答说，外国《百家姓》和《三字经》，就只有你们在读的那一本泼刺玛的时候，同学们于失望之余，反更是皮哀排，皮衣啤地叫得起劲。当然是不用说的，学英文还没有到一个礼拜，几本当教科书用的《十三经注疏》，《御批通鉴辑览》的黄封面上，大家都各自用墨水笔题上了英文拼的歪斜的名字。又进一步，便是用了异样的发音，操英文说着“你是一只狗”，“我是你的父亲”之类的话，大家互讨便宜地混战；而实际上，有几位乡下的同学，却已经真的是两三个小孩子的父亲了。

因为一班之中，我的年龄算最小，所以自修室里，当监课的先生走后，另外的同学们在密语着哄笑着的关于男女的问题，我简直一点儿也感不到兴趣。从性知识发育落后的一点上说，我确不得不承认自己是一个最低能的人。又因自小就习于孤独，困于家境的结果，怕羞的心，畏缩的性，更使我的胆量，变得异常地小。在课堂上，坐在我左边的一位同学，年纪只比我大了一岁，他家里有几位相貌长得和他一样美的姊妹，并且住得也和学堂很近很近。因此，在校里，他就是被同学们苦缠得最厉害的一个；而礼拜天或假日，他的家里，就成了同学们的聚集的地方。当课余之暇，或放假期里，他原也恳切地邀过我几次，邀我上他家里去玩去；但形秽之感，终于把我的向往之心压住，曾有好几次想决心跟了他上他家去，可是到了他们的门口，却又同罪犯似的逃了。他以他的美貌，以他的财富和姊妹，不但在学堂里博得了绝大的声势，就是在我们那小小的县城里，也赢得了一般的好誉。而尤其使我羡慕的，是他的那一种对同我们是同年辈的异性们的周旋才略，当时我们县城里的几位相貌比较艳丽一点的女性，个个是和他要好的，但他也实在真胆大，真会取巧。

当时同我们是同年辈的女性，装饰入时，态度豁达，为大家所称道的，有三个。一个是一位在上海开店，富甲一邑的商人赵某的侄女；她住得和我最近。还有两个，也是比较富有的中产人家的女儿，在交通不便的当时，已经各跟了她们家里的亲戚，到杭州上海等地方去跑跑了；她们俩，却都是我那位同学的邻居。这三个女性的门前，当傍晚的时候，或月明的中夜，老有一个一个的黑影在徘徊；这些黑影的当中，有不少都是我们的同学。因为每到礼拜一的早晨，没有上课之先，我老听见有同学们在操场上笑说在一道，并且时时还高声地用着英文作了隐语，如“我看见她了！”“我听见她在读书”之类。而无论在什么地方于什么时候的凡关于这一类的谈话的中心人物，总是课堂上坐在我的左边，年龄只比我大一岁的那一位天之骄子。

赵家的那位少女，皮色实在细白不过，脸形是瓜子脸；更因为她家里有了几个钱，而又时常上上海她叔父那里去走动的缘故，衣服式样的新异，自然可以不必说，就是做衣服的材料之类，也都是当时未开通的我们所不曾见过的。她们家里，只有一位寡母和一个年轻的女仆，而住的房子却很大很大。门前是一排柳树，柳树下还杂种着些鲜花；对面的一带红墙，是学宫的泮水围墙，泮池上的大树，枝叶垂到了墙外，红绿便映成着一色。当浓春将过，首夏初来的春三四月，脚踏着日光下石砌路上的树影，手捉着扑面飞舞的杨花，到这一条路上去走走，就是没有什么另外的奢望，也很有点像梦里的游行，更何况楼头窗里，时常会有那一张少女的粉脸出来向你抛一眼两眼的低眉斜视呢！

此外的两个女性，相貌更是完整，衣饰也尽够美丽，并且因为她俩的住址接近，出来总在一道，平时在家，也老在一处，所以胆子也大，认识的人也多。她们在二十余年前的当时，已经是开放得很，有点像现代的自由女子了，因而上她们家里去鬼混，或到她们门前去守望的青年，数目特别地多，种类也自然要杂。

我虽则胆量很小，性知识完全没有，并且也有点过分的矜持，以为成日地和女孩子们混在一道，是读书人的大耻，是没出息的行为；但到底还是一个亚当的后裔，喉头的苹果，怎么也吐它不出咽它不下，同北方厚雪地下的细草萌芽一样，到得冬来，自然也难免得有些望春之意；老实说将出来，我偶尔在路上遇见她们中间的无论哪一个，或凑巧在她们门前走过一次的时候，心里也着实有点儿难受。

住在我那同学邻近的两位，因为距离的关系，更因为她们的处世知识比我长进，人生经验比我老成得多，和我那位同学当然是早已有过纠葛，就是和许多不是学生的青年男子，也各已有了种种的风说，对于我虽像是一种含有毒汁的妖艳的花，诱惑性或许格外地强烈，但明知我自己决不是她们的对手，平时不过于遇见的时候有点难以为情的样子，此外倒也没有什么了不得的思慕，可是那一位赵家的少女，却整整地恼乱了我两年的童心。

我和她的住处比较得近，故而三日两头，总有着见面的机会。见面的时候，她或许是无心，只同对于其他的同年辈的男孩子打招呼一样，对我微笑一下，点一点头，但在我却感得同犯了大罪被人发觉了的样子，和她见面一次，马上要变得头昏耳热，胸腔里的一颗心突突地总有半个钟头好跳。因此，我上学去或下课回来，以及平时在家或出外去的时候，总无时无刻不在留心，想避去和她的相见。但遇到了她，等她走过去后，或用功用得很疲乏把眼睛从书本子举起的一瞬间，心里又老在盼望，盼望着她再来一次，再上我的眼面前来立着对我微笑一脸。

有时候从家中进出的人的口里传来，听说“她和她母亲又上上海去了，不知要什么时候回来？”我心里会同时感到一种像释重负又像失去了什么似的忧虑，生怕她从此一去，将永久地不回来了。

同芭蕉叶似的重重包裹着的我这一颗无邪的心，不知在什么地方，透露了消息，终于被课堂上坐在我左边的那位同学看穿了。一个礼拜六的下午，落课之后，他轻轻地拉着了我的手对我说："今天下午，赵家的那个小丫头，要上倩儿家去，你愿不愿意和我同去一道玩儿？"这里所说的倩儿，就是那两位他邻居的女孩子之中的一个的名字。我听了他的这一句密语，立时就涨红了脸，喘急了气，嗫嚅着说不出一句话来回答他，尽在拼命地摇头，表示我不愿意去，同时眼睛里也水汪汪地想哭出来的样子；而他却似乎已经看破了我的隐衷，得着了我的同意似的用强力把我拖出了校门。

到了倩儿她们的门口，当然又是一番争执，但经他大声的一喊，门里的三个女孩，却同时笑着跑出来了；已经到了她们的面前，我也没有什么别的办法了，自然只好俯着首，红着脸，同被绑赴刑场的死刑囚似的跟她们到了室内。经我那位同学带了滑稽的声调将如何把我拖来的情节说了一遍之后，她们接着就是一阵大笑。我心里有点气起来了，以为她们和他在侮辱我，所以于羞愧之上，又加了一层怒意。但是奇怪得很，两只脚却软落来了，心里虽在想一溜跑走，而腿神经终于不听命令。跟她们再到客房里去坐下，看她们四人捏起了骨牌，我连想跑的心思也早已忘掉，坐将在我那位同学的背后，眼睛虽则时时在注视着牌，但间或得着机会，也着实向她们的脸部偷看了许多次数。等她们的输赢赌完，一餐东道的夜饭吃过，我也居然和她们伴熟，有说有笑了。临走的时候，倩儿的母亲还派了我一个差使，点上灯笼，要我把赵家的女孩送回家去。自从这一回后，我也居然入了我那同学的伙，不时上赵家和另外的两女孩家去进出了；可是生来胆小，又加以毕业考试的将次到来，我的和她们的来往，终没有像我那位同学似的繁密。

正当我十四岁的那一年春天（一九〇九，宣统元年己酉），是旧历正月十三的晚上，学堂里于白天给与了我以毕业文凭及增生执照之后，就在大厅上摆起了五桌送别毕业生的酒宴。这一晚的月亮好得很，天气也温暖得像二三月的样子。满城的爆竹，是在庆祝新年的上灯佳节，我于喝了几杯酒后，心里也感到了一种不能抑制的欢欣。出了校门，踏着月亮，我的双脚，便自然而然地走向了赵家。她们的女仆陪她母亲上街去买蜡烛水果等过元宵的物品去了，推门进去，我只见她一个人拖着了一条长长的辫子，坐在大厅上的桌子边上洋灯底下练习写字。听见了我的脚步声音，她头也不朝转来，只曼声地问了一声："是谁？"我故意屏着声，提着脚，轻轻地走上了她的背后，一使劲一口就把她面前的那盏洋灯吹灭了。月光如潮水似的浸满了这一座朝南的大厅，她于一声高叫之后，马上就把头朝了转来。我在月光里看见了她那张大理石似的嫩脸，和黑水晶似的眼睛，觉得怎么也熬忍不住了，顺势就伸出了两只手去，捏住了她的手臂。两人的中间，她也不发一语，我也并无一言，她是扭转了身坐着，我是向她立着的。她只微笑着看看我看看月亮，我也只微笑着看看她，看看中庭的空处，虽然此外的动作，轻薄的邪念，明显的表示，一点儿也没有，但不晓怎样一股满足，深沉，陶醉的感觉，竟同四周的月亮一样，包满了我的全身。

两人这样的在月光里沉默着相对，不知过了多久，终于她轻轻地开始说话了："今晚上你在喝酒?""是的，是在学堂里喝的。"到这里我才放开了两手，向她边上的一张椅子里坐了下去。"明天你就要上杭州去考中学去么?"停了一会，她又轻轻地问了一声。"嗳，是的，明朝坐快班船去。"两人又沉默着，不知坐了几多时候，忽听见门外头她母亲和女仆说话的声音渐渐儿地近了，她于是就忙着立起来擦洋火，点上了洋灯。

她母亲进到了厅上，放下了买来的物品，先向我说了些道贺的话，我也告诉了她，明天将离开故乡到杭州去；谈不上半点钟的闲话，我就匆匆告辞出来了。在柳树影里披了月光走回家来，我一边回味着刚才在月光里和她两人相对时的沉醉似的恍惚，一边在心的底里，忽儿又感到了一点极淡极淡，同水一样的春愁。

一月五日

孤独者

——自传之六

里外湖的荷叶荷花，已经到了凋落的初期，堤边的杨柳，影子也淡起来了。几只残蝉，刚在告人以秋至的七月里的一个下午，我又带了行李，到了杭州。

因为是中途插班进去的学生，所以在宿舍里，在课堂上，都和同班的老学生们，仿佛是两个国家的国民。从嘉兴府中，转到了杭州府中，离家的路程，虽则是近了百余里，但精神上的孤独，反而更加深了！不得已，我只好把热情收敛，转向了内，固守着我自己的壁垒。

当时的学堂里的课程，英文虽也是重要的科目，但究竟还是旧习难除，中国文依旧是分别等第的最大标准。教国文的那一位桐城派的老将王老先生，于几次作文之后，对我有点注意起来了，所以进校后将近一个月光景的时候，同学们居然赠了我一个“怪物”的绰号；因为由他们眼里看来，这一个不善交际，衣装朴素，说话也不大会说的乡下蠢才，做起文章来，竟也会得压倒侪辈，当然是一件非怪物不能的天大的奇事。

杭州终于是一个省会，同学之中，大半是锦衣肉食的乡宦人家的子弟。因而同班中衣饰美好，肉色细白，举止娴雅，谈吐温存的同学，不知道有多少。而最使我惊异的，是每一个这样的同学，总有一个比他年长一点的同学，附随在一道的那一种现象。在小学里，在嘉兴府中里，这一种风气，并不是说没有，可是决没有像当时杭州府中那么地风行普遍。而有几个这样的同学，非但不以被视作女性为可耻，竟也有熏香傅粉，故意在装腔作怪，卖弄富有的。我对这一种情形看得真有点气，向那一批所谓Face的同学，当然是很明显地表示了恶感，就是向那些年长一点的同学，也时时露出了敌意；这么一来，我的“怪物”之名，就愈传愈广，我与他们之间的一条墙壁，自然也愈筑愈高了。

在学校里既然成了一个不入伙的孤独的游离分子，我的情感，我的时间与精力，当然只有钻向书本子去的一条出路。于是几个由零用钱里节省下来的仅少的金钱，就做了我的唯一娱乐积买旧书的源头活水。

那时候的杭州的旧书铺，都聚集在丰乐桥，梅花碑的两条直角形的街上。每当星期假日的早晨，我仰卧在床上，计算计算在这一礼拜里可以省下来的金钱，和能够买到的最经济最有用的册籍，就先可以得着一种快乐的预感。有时候在书店门前徘徊往复，稽延得久了，赶不上回宿舍来吃午饭，手里夹了书籍上大街羊汤饭店间壁的小面馆去吃一碗清面，心里可以同时感到十分的懊恨与无限的快慰。恨的是一碗清面的几个铜子的浪费，快慰的是一边吃面一边翻阅书本时的那一刹那的恍惚；这恍惚之情，大约是和哥伦布当发现新大陆的时候所感到的一样。

真正指示我以做诗词的门径的，是《留青新集》里的《沧浪诗话》和《白香词谱》。《西湖佳话》中的每一篇短篇，起码我总读了两遍以上。以后是流行本的各种传奇杂剧了，我当时虽则还不能十分欣赏它们的好处，但不知怎么，读了之后的那一种朦胧的回味，仿佛是当三春天气，喝醉了几十年陈的醇酒。

既与这些书籍发生了暧昧的关系，自然不免要养出些不自然的私生儿子！在嘉兴也曾经试过的稚气满幅的五七言诗句，接二连三地在一册红格子的作文簿上写满了；有时候兴奋得厉害，晚上还妨碍了睡觉。

模仿原是人生的本能，发表欲，也是同吃饭穿衣一样地强的青年作者内心的要求。歌不像歌诗不像诗的东西积得多了，第二步自然是向各报馆的匿名的投稿。

一封信寄出之后，当晚就睡不安稳了，第二天一早起来，就溜到阅报室去看报有没有送来。早餐上课之类的事情，只能说是一种日常行动的反射作用；舌尖上哪里还感得出滋味？讲堂上更哪里还有心思去听讲？下课铃一摇，又只是逃命似的向阅报室的狂奔。

第一次的投稿被采用的，记得是一首模仿宋人的五古，报纸是当时的《全浙公报》。当看见了自己缀联起来的一串文字，被植字工人排印出来的时候，虽然是用的匿名，阅报室里也决没有人会知道作者是谁，但心头正在狂跳着的我的脸上，马上就变成了朱红。哄的一声，耳朵里也响了起来，头脑摇晃得像坐在船里。眼睛也没有主意了，看了又看，看了又看，虽则从头至尾，把那一串文字看了好几遍，但自己还在疑惑，怕这并不是由我投去的稿子。再狂奔出去，上操场去跳绕一圈，回来重新又拿起那张报纸，按住心头，复看一遍，这才放心，于是乎方始感到了快活，快活得想大叫起来。

当时我用的假名很多很多，直到两三年后，觉得投稿已经有七八成的把握了，才老老实实地用上了我的真名实姓。大约旧报纸的收藏家，翻起二十几年前的《全浙公报》、《之江日报》，以及上海的《神州日报》来，总还可以看到我当时所做的许多狗屁不通的诗句。现在我非但旧稿无存，就是一联半句的字眼也想不起来了，与当时的废寝忘食的热心情形来一对比，进步当然可以说是进了步，但是老去的颓唐之感，也着实可以催落我几滴自伤的眼泪。

就在那一年（一九〇九年）的冬天，留学日本的长兄回到了北京，以小京官的名义被派上了法部去行走。入陆军小学的第二位哥哥，也在这前后毕了业，入了一处隶属于标统底下的旁系驻防军队，而任了排长。

一文一武的这两位芝麻绿豆官的哥哥，在我们那小小的县里，自然也耸动了视听；但因家里的经济，稍稍宽裕了一点的结果，在我的求学程序上，反而促生了一种意外的脱线。

在外面的学堂里住足了一年，又在各报上登载了几次诗歌之后，我自以为学问早就超出了和我同时代的同年辈者，觉得按部就班地和他们在一道读死书，是不上算也是不必要的事情。所以到了宣统二年（一九一〇）的春期始业的时候，我的书桌上竟收集起了一大堆大学中学招考新生的简章！比较着，研究着，我真想一口气就读完了当时学部所定的大学及中学的学程。

中文呢，自己以为总可以对付的了；科学呢，在前面也曾经说过，为大家所不重视的；算来算去，只有英文是顶重要而也是我所最欠缺的一门。“好！就专门去读英文吧！英文一通，万事就好办了！”这一个幼稚可笑的想头，就是使我离开了正规的中学，去走教会学堂那一条捷径的原动力。

清朝末年，杭州的有势力的教会学校，有英国圣公会和美国长老会浸礼会的几个系统。而长老会办的育英书院，刚在山水明秀的江干新建校舍，改称大学。头脑简单，只知道崇拜大学这一个名字的我这毛头小子，自然是以进大学为最上的光荣，另外更还有什么奢望哩？但是一进去之后，我的失望，却比在省立的中学里读死书更加大了。

每天早晨，一起床就是祷告，吃饭又是祷告；平时九点到十点是最重要的礼拜仪式，末了又是一篇祷告。《圣经》，是每年级都有的必修重要课目；礼拜天的上午，除出了重病，不能行动者外，谁也要去做半天礼拜。礼拜完后，自然又是祷告，又是查经。这一种信神的强迫，祷告的迭来，以及校内枝节细目的窒塞，想是在清朝末年曾进过教会学校的人，谁都晓得的事实，我在此地落得可以不说。

这种叩头虫似的学校生活，过上两月，一位解放的福音宣传者，竟从免费读书的候补牧师中间，揭起叛旗来了；原因是为了校长徧护厨子，竟被厨子殴打了学膳费全纳的不信教的学生。

学校风潮的发生，经过，和结局，大抵都是一样的；起始总是全体学生的罢课退校，中间是背盟者的出来复课，结果便是几个强硬者的开除。不知是幸呢还是不幸，在这一次的风潮里，我也算是强硬者的一个。

一九三五年二月十九日

海　上

——自传之八

大风暴雨过后，小波涛的一起一伏，自然要继续些时。民国元年二月十二，清朝的末代皇帝宣统下了退位之诏，中国的种族革命，总算告了一个段落。百姓剪去了辫发，皇帝改作了总统。天下骚然，政府惶惑，官制组织，尽行换上了招牌，新兴权贵，也都改穿了洋服。为改订司法制度之故，民国二年（一九一三）的秋天，我那位在北京供职的哥哥，就拜了被派赴日本考察之命，于是我的将来的修学行程，也自然而然地附带着决定了。

眼看着革命过后，余波到了小县城里所惹起的是是非非，一半也抱了希望，一半却拥着怀疑，在家里的小楼上闷过了两个夏天，到了这一年的秋季，实在再也忍耐不住了，即使没有我那位哥哥的带我出去，恐怕也得自己上道，到外边来寻找出路。

几阵秋雨一落，残暑退尽了，在一天晴空浩荡的九月下旬的早晨，我只带了几册线装的旧籍，穿了一身半新的夹服，跟着我那位哥哥离开了乡井。

上海街路树的洋梧桐叶，已略现了黄苍，在日暮的街头，那些租界上的熙攘的居民，似乎也森岑地感到了秋意。我一个人呆立在一品香朝西的露台栏里，才第一次受到了大都会之夜的威胁。

远近的灯火楼台，街下的马龙车水，上海原说是不夜之城，销金之窟，然而国家呢？像这样的昏天黑地般过生活，难道是人生的目的么？金钱的争夺，犯罪的公行，精神的浪费，肉欲的横流，天虽则不会掉下来，地虽则也不会陷落去，可是像这样的过去，是可以的么？在仅仅阅世十七年多一点的当时我那幼稚的脑里，对于帝国主义的险毒，物质文明的糜烂，世界现状的危机，与夫国计民生的大略等明确的观念，原是什么也没有，不过无论如何，我想社会的归宿，做人的正道，总还不在这里。

正在对了这魔都的夜景，感到不安与疑惑的中间，背后房里的几位哥哥的朋友，却谈到了天蟾舞台的迷人的戏剧；晚餐吃后，有人做东道主请去看戏，我自然也做了花楼包厢里的观众的一人。

这时候梅博士还没有出名，而社会人士的绝望胡行，色情倒错，也没有像现在那么地彻底，所以全国上下，只有上海的一角，在那里为男扮女装的旦角而颠倒；那一晚天蟾舞台的压台名剧，是贾璧云的全本《棒打薄情郎》，是这一位色艺双绝的小旦的拿手风头戏；我们于九点多钟，到戏院的时候，楼上楼下观众已经是满坑满谷，实实在在地到了更无立锥之地的样子了。四围的珠玑粉黛，鬓影衣香，几乎把我这一个初到上海的乡下青年，窒塞到回不过气来；我感到了眩惑，感到了昏迷。

最后的一出贾璧云的名剧上台的时候，舞台灯光加了一层光亮，台下的观众也起了动摇。而从脚灯里照出来的这一位旦角的身材，容貌，举止与服装，也的确是美，的确足以挑动台下男女的柔情。在几个钟头之前，那样地对上海的颓废空气，感到不满的我这不自觉的精神主义者，到此也有点固持不住了。这一夜回到旅馆之后，精神兴奋，直到了早晨的三点，方才睡去，并且在熟睡的中间，也曾做了色情的迷梦。性的启发，灵肉的交哄，在这次上海的几日短短逗留之中，早已在我心里，起了发酵的作用。

为购买船票杂物等件，忙了几日；更为了应酬来往，也着实费去了许多精力与时间，终于在一天侵早，我们同去者三四人坐了马车向杨树浦的汇山码头出发了，这时候马路上还没有行人，太阳也只出来了一线。自从这一次的离去祖国以后，海外飘泊，前后约莫有十余年的光景，一直到现在为止，我在精神上，还觉得是一个无祖国无故乡的游民。

太阳升高了，船慢慢地驶出了黄浦，冲入了大海；故国的陆地，缩成了线，缩成了点，终于被地平的空虚吞没了下去；但是奇怪得很，我鹄立在船舱的后部，西望着祖国的天空，却一点儿离乡去国的悲感都没有。比到三四年前，初去杭州时的那种伤感的情怀，这一回仿佛是在回国的途中。大约因为生活沉闷，两年来的蛰伏，已经把我的恋乡之情，完全割断了。

海上的生活开始了，我终日立在船楼上，饱吸了几天天空海阔的自由的空气。傍晚的时候，曾看了伟大的海中的落日；夜半醒来，又上甲板去看了天幕上的秋星。船出黄海，驶入了明蓝到底的日本海的时候，我又深深地深深地感受到了海天一碧，与白鸥水鸟为伴时的被解放的情趣。我的喜欢大海，喜欢登高以望远，喜欢遗世而独处，怀恋大自然而嫌人的倾向，虽则一半也由于天性，但是正当青春的盛日，在四面是海的这日本孤岛上过去的几年生活，大约总也发生了不可磨灭的绝大的影响无疑。

船到了长崎港口，在小岛纵横，山青水碧的日本西部这通商海岸，我才初次见到了日本的文化，日本的习俗与民风。后来读到了法国罗底的记载这海港的美文，更令我对这位海洋作家，起了十二分的敬意。嗣后每次回国经过长崎，心里总要跳跃半天，仿佛是遇见了初恋的情人，或重翻到了几十年前写过的情书。长崎现在虽则已经衰落了，但在我的回忆里，它却总保有着那种活泼天真，像处女似的清丽的印象。

半天停泊，船又起锚了，当天晚上，就走到了四周如画，明媚到了无以复加的濑户内海。日本艺术的清淡多趣，日本民族的刻苦耐劳，就是从这一路上的风景，以及四周海上的果园垦植地看来，也大致可以明白。蓬莱仙岛，所指的不知是否就在这一块地方，可是你若从中国东游，一过濑户内海，看看两岸的山光水色，与夫岸上的渔户农村，即使你不是秦朝的徐福，总也要生出神仙窟宅的幻想来，何况我在当时，正值多情多感，中国岁是十八岁的青春期哩！

由神户到大阪，去京都，去名古屋，一路上且玩且行，到东京小石川区一处高台上租屋住下，已经是十月将终，寒风有点儿可怕起来了。改变了环境，改变了生活起居的方式，言语不通，经济行动，又受了监督，没有自由，我到东京住下的两三个月里，觉得是入了一所没有枷锁的牢狱，静静儿地回想起来，方才感到了离家去国之悲，发生了不可遏止的怀乡之病。

在这郁闷的当中，左思右想，唯一的出路，是在日本语的早日的谙熟，与自己独立的经济的来源。多谢我们国家文化的落后，日本与中国，曾有国立五校，开放收受中国留学生的约定。中国的日本留学生，只教能考上这五校的入学试验，以后一直到毕业为止，每月的衣食零用，就有官费可以领得；我于绝望之余，就于这一年的十一月，入了学日本文的夜校，与补习中学功课的正则预备班。

早晨五点钟起床，先到附近的一所神社的草地里去高声朗诵着“上野的樱花已经开了”，“我有着许多的朋友”等日文初步的课本，一到八点，就嚼着面包，步行三里多路，走到神田的正则学校去补课。以二角大洋的日用，在牛奶店里吃过午餐或夜饭，晚上就是三个钟头的日本文的夜课。

天气一日一日地冷起来了，这中间自然也少不了北风的雨雪。因为日日步行的结果，皮鞋前开了口，后穿了孔。一套在上海做的夹呢学生装，穿在身上，仍同裸着的一样；幸亏有了几年前一位在日本曾入过陆军士官学校的同乡，送给了我一件陆军的制服，总算在晴日当作了外套，雨日当作了雨衣，御了一个冬天的寒。这半年中的苦学，我在身体上，虽则种下了致命的呼吸器的病根，但在智识上，却比在中国所受的十余年的教育，还有一程的进境。

第二年的夏季招考期近了，我为决定要考入官费的五校去起见，更对我的功课与日语，加紧了速力。本来是每晚于十一点就寝的习惯，到了三月以后，也一天天地改过了；有时候与教科书本茕茕相对，竟会到了附近的炮兵工厂的汽笛，早晨放五点钟的夜工时，还没有入睡。

必死的努力，总算得到了相当的酬报，这一年的夏季，我居然在东京第一高等学校的入学考试里占取了一席。到了秋季始业的时候，哥哥因为一年的考察期将满，准备回国来复命，我也从他们的家里，迁到了学校附近的宿店。于八月底边，送他们上了归国的火车，领到了第一次的自己的官费，我就和家庭，和戚属，永久地断绝了连络。从此野马缰弛，风筝线断，一生中潦倒飘浮，变成了一只没有舵楫的孤舟，计算起时日来，大约与第一次世界大战的开始，差不多是在同一的时候。

一个人在途上

在东车站的长廊下，和女人分开以后，自家又剩了孤零丁的一个。频车飘泊惯的两口儿，这一回的离散，倒也算不得什么特别。可是端午节那天，龙儿刚死，到这时候北京城里虽已起了秋风，但是计算起来，去儿子的死期，究竟还只有一百来天。在车座里，稍稍把意识恢复转来的时候，自家就想起了卢骚[1]晚年的作品《孤独散步者的梦想》头上的几句话：

---

① 卢骚：现通译作卢梭（1712—1778），法国文学家、哲学家、教育家，著有《社会契约论》《新爱洛伊丝》等。

> 自家除了己身以外，已经没有弟兄，没有邻人，没有朋友，没有社会了。自家在这世上，像这样的，已经成了一个孤独者了。……

然而当年的卢骚还有弃养在孤儿院内的五个儿子，而我自己哩，连一个抚育到五岁的儿子都还抓不住！

离家的远别，本来也只为想养活妻儿。去年在某大学的被逐，是万料不到的事情。其后兵乱迭起，交通阻绝，当寒冬的十月，会病倒在沪上，也是谁也料想不到的。今年二月，好容易到得南方，静息了一年之半，谁知这刚养得出趣的龙儿又会遭此凶疾的呢？

龙儿的病报，本是在广州得着，匆促北航，到了上海，接连接了几个北京来的电报。换船到天津，已经是旧历的五月初十。到家之夜，一见了门上的白纸条儿，心里已经是跳得慌乱，从苍茫的暮色里赶到哥哥家中，见了衰病的她，因为在大众之前，勉强将感情压住。草草吃了夜饭，上床就寝，把电灯一灭，两人只有紧抱的痛哭，痛哭，痛哭，只是痛哭，气也换不过来，更哪里有说一句话的余裕？

受苦的时间，的确脱煞过去得太悠徐，今年的夏季，只是悲叹的连续。晚上上床，两口儿，哪敢提一句话？可怜这两个迷散的灵心，在电灯灭黑的黝暗里，所摸走的荒路，每会凑集在一条线上；这路的交叉点里，只有一块小小的墓碑，墓碑上只有“龙儿之墓”的四个红字。

妻儿因为在浙江老家内，不能和母亲同住，不得已，而搬往北京当时我在寄食的哥哥家去，是去年的四月中旬。那时候龙儿正长得肥满可爱，一举一动，处处教人欢喜。到了五月初，从某地回京，觉得哥哥家太狭小，就在什刹海的北岸，租定了一间渺小的住宅。夫妻两个，日日和龙儿伴乐，闲时也常在北海的荷花深处，及门前的杨柳荫中带龙儿去走走。这一年的暑假，总算过得最快乐，最闲适。

秋风吹叶落的时候，别了龙儿和女人，再上某地大学去为朋友帮忙，当时他们俩还往西车站去送我来哩！这是去年秋晚的事情，想起来还同昨日的情形一样。

过了一月，某地的学校里发生事情，又回京了一次，在什刹海小住了两星期，本来打算不再出京了，然碍于朋友的面子，又不得不于一天寒风刺骨的黄昏，上西车站去趁车。这时候因为怕龙儿要哭，自己和女人，吃过晚饭，便只说要往哥哥家里去，只许他送我们到门口，记得那一天晚上，他一个人和老妈子立在门口，等我们俩去了好远，还“爸爸！”“爸爸！”地叫了好几声。啊啊，这几声惨伤的呼唤，便是我在这世上听到的他叫我的最后的声音！

出京之后，到某地住了一宵，就匆促逃往上海。接续便染了病，遇了强盗辈的争夺政权，其后赴南方暂住，一直到今年的五月，才返北京。

想起来，龙儿实在是一个填债的儿子，是当乱离困厄的这几年中间，特来安慰我和他娘的愁闷的使者！

自从他在安庆生落地以来，我自己没有一天脱离过苦闷，没有一处安住到五个月以上。我的女人，也和我分担着十字架的重负，只是东西南北地奔波飘泊。然当日夜难安，悲苦得不了的时候，只教他的笑脸一开，女人和我，就可以把一切穷愁，丢在脑后。而今年五月初十待我赶到北京的时候，他的尸体，早已在妙光阁的广谊园地下躺着了。

他的病，说是脑膜炎。自从得病之日起，一直到旧历端午节的午时绝命的时候止，中间经过有一个多月的光景。平时被我们宠坏了的他，听说此番病里，却乖顺得非常。叫他吃药，他就大口地吃，叫他用冰枕，他就很柔顺地躺上。病后还能说话的时候，只问他的娘："爸爸几时回来？""爸爸在上海为我定做的小皮鞋，已经做好了没有？"我的女人，于惑乱之余，每幽幽地问他："龙！你晓得你这一场病，会不会死的？"他老是很不愿意地回答说："哪儿会死的哩？"据女人含泪地告诉我说，他的谈吐，绝不似一个五岁的小孩儿。

未病之前一个月的时候，有一天午后他在门口玩耍，看见西面来了一乘马车，马车里坐着一个戴灰白色帽子的青年。他远远看见，就急忙丢下了伴侣，跑进屋里去叫他娘出来，说："爸爸回来了，爸爸回来了！"因为我去年离京时所戴的，是一样的一顶白灰呢帽。他娘跟他出来到门前，马车已经过去了，他就死劲地拉住了他娘，哭喊着说："爸爸怎么不家来呀？爸爸怎么不家来呀？"他娘说慰了半天，他还尽是哭着，这也是他娘含泪和我说的。现在回想起来，自己实在不该抛弃了他们，一个人在外面流荡，致使他那小小的心灵，常有这望远思亲的伤痛。

去年六月，搬往什刹海之后，有一次我们在堤上散步，因为他看见了人家的汽车，硬是哭着要坐，被我痛打了一顿。又有一次，也是因为要穿洋服，受了我的毒打。这实在只能怪我做父亲的没有能力，不能做洋服给他穿，雇汽车给他坐。早知他要这样地早死，我就是典当强劫，也应该去弄一点钱来，满足他这点点无邪的欲望。到现在追想起来，实在觉得对他不起，实在是我太无容人之量了。

我女人说，濒死的前五天，在病院里，他连叫了几夜的爸爸！她问他："叫爸爸干什么！"他又不响了，停一会儿，就又再叫起来；到了旧历五月初三日，他已入了昏迷状态，医师替他抽骨髓，他只会直叫一声"干吗？"喉头的气管，咯咯在抽咽，眼睛只往上吊送，口头流些白沫，然而一口气总不肯断。他娘哭叫几声"龙！龙！"他的小眼角上，就会迸流些眼泪出来，后来他娘看他苦得难过，倒对他说：

"龙！你若是没有命的，就好好地去吧！你是不是想等爸爸回来？就是你爸爸回来，也不过是这样地替你医治罢了。龙！你有什么不了的心愿呢？龙！与其这样地抽咽受苦，你还不如快快地去吧！”

他听了这一段话，眼角上的眼泪，更是涌流得厉害。到了旧历端午节的午时，他竟等不着我的回来，终于断气了。

丧葬之后，女人搬往哥哥家里，暂住了几天。我于五月十日晚上，下车赶到什刹海的寓宅，打门打了半天，没有应声。后来抬头一看，才见了一张告示邮差送信的白纸条。

自从龙儿生病以后连日夜看护久已倦了的她，又哪里经得起最后的这一个打击？自己当到京之夜，见了她的衰容，见了她的泪眼，又哪里能够不痛哭呢！

在哥哥家里小住了两三天，我因为想追求龙儿生前的遗迹，一定要女人和我仍复搬回什刹海的住宅去住它一两个月。

搬回去那天，一进上屋的门，就见了一张被他玩破的今年正月里的花灯；听说这张花灯，是南城大姨妈送他的，因为他自家烧破了一个窟窿，他还哭过好几次来的。

其次，便是上房里砖上的几堆烧纸钱的痕迹！系当他下殓时烧给他的。

院子里有一架葡萄，两棵枣树，去年采取葡萄枣子的时候，他站在树下，兜起了大褂，仰头在看树上的我。我摘取一颗，丢入了他的大褂兜里，他的哄笑声，要继续到三五分钟。今年这两棵枣树，结满了青青的枣子，风起的半夜里，老有熟极的枣子辞枝自落。女人和我，睡在床上，有时候且哭且谈，总要到更深人静，方能入睡。在这样的幽幽的谈话中间，最怕听的，就是这滴答的坠枣之声。

到京的第二日，和女人去看他的坟墓。先在一家南纸铺里买了许多冥府的钞票，预备去烧送给他。直到到了妙光阁的广谊园茔地门前，她方从呜咽里清醒过来，说："这是钞票，他一个小孩如何用得呢？"就又回车转来，到琉璃厂去买了些有孔的纸钱。她在坟前哭了一阵，把纸钱钞票烧化的时候，却叫着说：

"龙！这一堆是钞票，你收在那里，待长大了的时候再用，要买什么，你先拿这一堆钱去用吧！"

这一天在他的坟上坐着，我们直到午后七点，太阳平西的时候，才回家来。临走的时候，他娘还哭叫着说：

"龙！龙！你一个人在这里不怕冷静的么？龙！龙！人家若来欺你，你晚上来告诉娘吧！你怎么不想回来了呢？你怎么梦也不来托一个的呢？"

箱子里，还有许多散放着的他的小衣服。今年北京的天气，到七月中旬，已经是很冷了。当微凉的早晚，我们俩都想换上几件夹衣，然而因为怕见到他旧时的夹衣袍袜，我们俩却尽是一天一天地挨着，谁也不说出口来，说"要换上件夹衫"。

有一次和女人在那里睡午觉，她骤然从床上坐了起来，鞋也不拖，光着袜子，跑上了上房起坐室里，并且更掀帘跑上外面院子里去。我也莫名其妙跟着她跑到外面的时候，只见她在那里四面找寻什么，找寻不着，呆立了一会，她忽然放声哭了起来，并且抱住了我急急地追问说：“你听不听见？你听不听见？”哭完之后，她才告诉我说，在半醒半睡的中间，她听见“娘！娘！”地叫了两声，的确是龙的声音，她很坚定地说：“的确是龙回来了。”

北京的朋友亲戚，为安慰我们起见，今年夏天常请我们俩去吃饭听戏，她老不愿意和我们去，因为去年的六月，我们无论上哪里去玩，龙儿是常和我们在一处的。

今年的一个暑假，就是这样的，在悲叹和幻梦的中间消逝了。

这一回南方来催我就道的信，过于匆促，出发之前，我觉得还有一件大事情没有做了。

中秋节前新搬了家，为修理房屋，部署杂事，就忙了一个星期。出发之前，又因了种种琐事，不能抽出空来，再上龙儿的坟地里去探望一回。女人上东车站来送我上车的时候，我心里尽酸一阵痛一阵地在回念这一件恨事。有好几次想和她说出来，教她于两三日后再往妙光阁去探望一趟，但见了她的憔悴尽的颜色，和苦忍住的凄楚，又终于一句话也没有讲成。

现在去北京远了，去龙儿更远了，自家只一个人，只是孤零丁的一个人。在这里继续此生中大约是完不了的飘泊。

一九二六年十月五日在上海旅馆内

灯蛾埋葬之夜

神经衰弱症，大约是因无聊的闲日子过了太多而起的。

对于“生”的厌倦，确是促生这时髦病的一个病根；或者反过来说，如同发烧过后的人在嘴里所感味到的一种空淡，对人生的这一种空淡之感，就是神经衰弱的征候，也是一样。

总之，入夏以来，我症状似乎一天在比一天加重；迁居之后，这病症当然也和我一道地搬了家。

虽然是说不上什么转地疗养，但新搬的这一间小屋，真也有一点田园的野趣。节季是交秋了，往后的这小屋的附近，这文明和蛮荒接界的区间，该是最有声色的时候了。声是秋声，色当然也是秋色。

先让我来说所以要搬到这里来的原委。

不晓在什么时候，被印上了“该隐的印号”之后，平时进出的社会里绝迹不敢去了。当然社会是有许多层的，但那“印号”的解释，似乎也有许多样。

最重要的解释，第一自然是叛逆，在做官是“一切”的国里，这“印号”的政治解释，本尽可以包括了其他种种。但是也不尽然，最喜欢含糊的人类，有必要的时候，也最喜欢分清。

于是第二个解释来了，似乎是关于“时代”的，曰“落伍”。天南北的两极，只教用得着，也不妨同时并用，这便是现代人的智慧。

来往于两极之间，新旧人同样地可以举用的，是第三个解释，就是所谓“悖德”。

但是向额上摩摸一下，这“该隐的印号”，原也摩摸不出，更不必说这种种的解释。或者行窃的人自己在心虚，自以为是犯了大罪，因而起这一种叫作被迫的Complex，也说不定。天下太平，本来是无事的，神经衰弱病者可总免不了自扰。所以断绝交游，抛撇亲串，和地狱底里的精灵一样，不敢现身露迹，只在一阵阴风里独来独往的这种行径，依小德谟克利多斯Robert Burton的分析，或者也许是忧郁病的最正确的症候。

因为背上负着的是这么一个十字架，所以一年之内，只学着行云，只学着流水，搬来搬去的尽在搬动。暮春三月底，偶尔在火车窗里，看见了些浅水平桥，垂杨古树，和几群飞不尽的乌鸦，忽然想起的，是这一个也不是城市，也不是乡村的界线地方。租定这间小屋，将几本丛残的旧籍迁移过来的，怕是在五月的初头。而现在却早又是初秋了。时间的飞逝，实在是快得很，真快得很。

小屋的前后左右，除一条斜穿东西的大道之外，全是些斑驳的空地。一垄一垄的褐色土垄上，种着些秋茄豇豆之类，现在是一棵一棵的棉花也在半吐白蕊的时节了。而最好看的，要推向上包紧，颜色是白里带青，外面有一层毛茸似的白雾，菜茎柄上，也时时呈着紫色的一种外国人叫作 Lettuce 的大叶卷心菜；大约是因为地近上海的缘故吧，纯粹的中国田园，也被外国人的嗜好所侵入了。这一种菜，我来的时候，原是很多的，现在却逐渐逐渐地少了下去。在这些空地中间，如突然想起似的，卑卑立着，散点在那里的，是一间两间的农夫的小屋，形状奇古的几株老柳榆槐，和看了令人不快的许多不落葬的棺材。此外同沟渠似的小河也有，以棺材旧板作成的桥梁也有；忽然一块小方地的中间，种着些颜色鲜艳的草花之类的卖花者的园地也有；简说一句，这里附近的地面，大约可以以江浙平地区中的田园百科大辞典来命名；而在这百科大辞典中，异乎寻常，以一张厚纸，来用淡墨铜版画印成的，要算在我们屋后矗立着的那块本来是由外国人经营的庞大的墓地。

这墓地的历史，我也不大明白，但以从门口起一直排着，直到中心的礼拜堂屋后为止的那两排齐云的洋梧桐树看来，少算算大约也总已有了六十几岁的年纪。

听土著的农人说来，这仿佛是上海开港以来，外国人最先经营的墓地，现在是已经无人来过问了，而在三四十年前头，却也是洋冬至外国清明及礼拜日的沪上洋人的散步之所哩。因为此地离上海，火车不过三四十分钟，来往是极便的。

小屋的租金，每月八元。以这地段说起来，似乎略嫌贵些，但因这样的闲房出租的并不多，而屋前屋后，隙地也有几弓，可以由租户去莳花种菜，所以比较起来，也觉得是在理的价格。尤其是包围在屋的四周的寂静，同在坟墓里似的寂静，是在洋场近处，无论出多少金钱也难买到的。

初搬过来的时候，只同久病初愈的患者一样，日日但伸展了四肢，躺在藤椅子上，书也懒得读，报也不愿看，除腹中饥饿的时候，稍微吸取一点简单的食物而外，破这平平的一日间的单调的，是向晚去田塍野路上行试的一回漫步。在这将落未落的残阳夕照之中，在那些青枝落叶的野菜畦边，一个人背手走着，枯寂的脑里，有时却会汹涌起许多前后不接的断想来。头上的天色老是青青的，身边的暮色也老是沉沉的。

但在这些前后没有脉络的断想的中间，有时候也忽然大小脑会完全停止工作。呆呆地立在野田里，同一根枯树似的呆呆直立在那里之后，会什么思想，什么感觉都忘掉，身子也不能动了，血液也仿佛是凝住不流似的，全身就如成了“所多马”城里的盐柱；不消说脑子是完全变作了无波纹无血管的一张扁平的白纸。

漫步回来，有时候也进一点晚餐，有时候简直茶也不喝一口，就爬进床去躺着。室内的设备简陋到了万分，电灯电扇等等文明的器具是没有的。月明之夜，睡到夜半醒来的时候，床前的小泥窗口，若晒进了月亮的青练的光儿，那这一夜的睡眠，就不能继续下去了。

不单是有月亮的晚上，就是平常的睡眠，也极容易惊醒。眼睛微微地开着，鼾声是没有的，虽则睡在那里，但感觉却又不完全失去，暗室里的一声一响，虫鼠等的脚步声，以及屋外树上的夜鸟鸣声，都一一会闯进到耳朵里来。若在日里陷入于这一种假睡的时候，则一边睡着，一边周围的行动事物，都会很明细地触进入意识的中间。若周围保住了绝对的安静，什么声响，什么行动都没有的时候，那在这假寐的一刻中，十几年间的事情，就会很明细地，很快地，在一瞬间开展开来。至于乱梦，那更是多了，多得连叙也叙述不清。

我自己也知道是染了神经衰弱症了。这原是七八年来到了夏季必发的老病。

于是就更想静养，更想懒散过去。

今年的夏季，实在并没有什么大热的天气，尤其是在我这一个离群的野寓里。

有一天晚上，天气特别地闷，晚餐后上床去躺了一忽，终觉得睡不着，就又起来，打开了窗户，和她两人坐在天井里候凉。

两人本来是没有什么话好谈，所以只是昂着头在看天上的飞云，和云堆里时时露现出来的一颗两颗的星宿。

一边慢摇着蒲扇，一边这样地默坐在那里，不晓得坐了多久了，室内桌上的一枝洋烛，忽而灭了它的芯光。

两人既不愿意动弹，也不愿意看见什么，所以灯光的有无，也毫没有关系，仍旧是默默地坐在黑暗里摇动扇子。

又坐了好久好久，天末似起了凉风，窗帘也动了，天上的云层，飞舞得特别地快。

打算去睡了，就问了一声：

“现在不晓得是什么时候了？”

她立了起来，慢慢走进了室内，走入里边房里去拿火柴去了。

停了一会，我在黑暗里看见了一丝火光和映在这火光周围的一团黑影，及黑影底下的半面她的苍白的脸。

第一枝火柴灭了，第二枝也灭了，直到了第三枝才点旺了洋烛。

洋烛点旺之后，她急急地走了出来，手里却拿着了那个大表，轻轻地说：

“不晓是什么时候了，表上还只有六点多钟呢?”

接过表来，拿近耳边去一听，什么声响也没有。我连这表是在几日前头开过的记忆也想不起来了。

“表停了!”

轻轻地回答了一声，我也消失了睡意，想再在凉风里坐它一刻。但她却又继续着说：

“灯盘上有一只很美的灯蛾死在那里。”

跑进去一看，果然有一只身子淡红，翅翼绿色，比蝴蝶小一点，但全身却肥硕得很的灯蛾横躺在那里。右翅上有一处焦影，触须是烧断了。默看了一分钟，用手指轻轻拨了它几拨，我双目仍旧盯视住这扑灯蛾的美丽的尸身，嘴里却不能自禁地说：

“可怜得很！我们把它去向天井里埋葬了吧!”

点了灯笼，用银针向黑泥松处掘了一个圆穴，把这美丽的尸身埋葬完时，天风加紧了起来，似乎要下大雨的样子。

拴上门户，上床躺下之后，一阵风来，接着如乱石似的雨点，便打上了屋檐。

一面听着雨声，一面我自语似的对她说：

“霞！明天是该凉快了，我想到上海去看病去。”

一九二八年八月作

南行杂记

一

上船的第二日，海里起了风浪，饭也不能吃，僵卧在舱里，自家倒得了一个反省的机会。

这时候，大约船在舟山岛外的海洋里，窗外又凄其地下雨了。半年来的变化，病状，绝望，和一个女人的不名誉的纠葛，母亲的不了解我的恶骂，在上海的几个月的游荡。一幕一幕的过去的痕迹，很杂乱地尽在眼前交错。

上船前的几天，虽则是心里很牢落，然而实际上仍是一件事情也没有干妥。闲下来在船舱里这么地一想，竟想起了许多琐杂的事情来：

“那一笔钱，不晓几时才拿得出来？”

“分配的方法，不晓有没有对C君说清？”

“一包火腿和茶叶，不知究竟要什么时候才能送到北京？”

“啊！一封信又忘了！忘了！”

像这样地乱想了一阵，不知不觉，又昏昏地睡去，一直到了午后的三点多钟。在半醒半觉的昏睡余波里沉浸了一回，听见同舱的K和W在说话，并且话题逼近到自家的身上来了：

“D不晓得怎么样？”K的问话。

“叫他一声吧！”W答。

“喂，D！醒了吧？”K又放大了声音，向我叫。

“乌乌……乌……醒了，什么时候了？”

“舱里空气不好，我们上‘突克’去换一换空气吧！”

K的提议，大家赞成了，自家也忙忙地起了床。风停了，雨也已经休止，“突克”上散坐着几个船客。海面的天空，有许多灰色的黑云在那里低徊。一阵一阵的大风渣沫，还时时吹上面来。湿空气里，只听见那几位同船者的杂话声。因为是粤音，所以辨不出什么话来，而实际上我也没有听取人家的说话的意思和准备。

三人在铁栏杆上靠了一会，K和W在笑谈什么话，我只呆呆地凝视着黯淡的海和天，动也不愿意动，话也不愿意说。

正在这一个失神的当儿，背后忽儿听见了一种清脆的女人的声音。回头来一看，却是昨天上船的时候看见过一眼的那个广东姑娘。她大约只有十七八岁年纪，衣服的材料虽则十分朴素，然而剪裁的式样，却很时髦。她的微突的两只近视眼，狭长的脸子，曲而且小且薄的嘴唇，梳的一条垂及腰际的辫发，不高不大的身材，并不白洁的皮肤，以及一举一动的姿势，简直和北京的银弟一样。昨天早晨，在匆忙杂乱的中间，看见了一眼，已经觉得奇怪了，今天在这一个短距离里，又深深地视察了一番，更觉得她和银弟的中间，确有一道相通的气质。在两三年前，或者又要弄出许多把戏来搅扰这一位可怜的姑娘的心意；但当精力消疲的此刻，竟和大病的人看见了丰美的盛馔一样，心里只起了一种怨恨，并不想有什么动作。

她手里抱着一个周岁内外的小孩，这小孩尽在吵着，仿佛要她抱上什么地方去的样子。她想想没法，也只好走近了我们的近边，把海浪指给那小孩看。我很自然地和她说了两句话，把小孩的一只肥手捏了一回。小孩还是吵着不已，她又只好把他抱回舱里去。我因为感着了微寒，也不愿意在“突克”上久立，过了几分钟，就匆匆地跑回了船室。

吃完了较早的晚饭，和大家谈了些杂天，电灯上火的时候，窗外又凄凄地起了风雨。大家睡熟了，我因为白天三四个钟头的甜睡，这时候竟合不拢眼来。拿出了一本小说来读，读不上几行，又觉得毫无趣味。丢了书，直躺在被里，想来想去想了半天，觉得在这一个时候对于自家的情味最投合的，还是因那个广东女子而惹起的银弟的回忆。

计算起来，在北京的三年乱杂的生活里，比较地有一点前后的脉络，比较地值得回忆的，还是和银弟的一段恶姻缘。

人生是什么？恋爱又是什么？年纪已经到了三十，相貌又奇丑，毅力也不足，名誉，金钱都说不上的这一个可怜的生物，有谁来和你讲恋爱？在这一种绝望的状态里，醉闷的中间，真想不到会遇着这一个一样飘零的银弟！

我曾经对什么人都声明过，“银弟并不美。也没有什么特别可爱的地方。”若硬要说出一点好处来，那只有她的娇小的年纪和她的尚不十分腐化的童心。

酒后的一次访问，竟种下了恶根，在前年的岁暮，前后两三个月里，弄得我心力耗尽，一直到此刻还没有恢复过来，全身只剩了一层瘦黄的薄皮包着的一副残骨。

这当然说不上是什么恋爱，然而和平常的人肉买卖，仿佛也有点分别。啊啊，你们若要笑我的蠢，笑我的无聊，也只好由你们笑，实际上银弟的身世是有点可同情的地方在那里。

她父亲是乡下的裁缝，没出息的裁缝，本来是苏州塘口的一个恶少年；因为姘识了她的娘，他们俩就逃到了上海，在浙江路的荣安里开设了一间裁缝摊。当然是一间裁缝摊，并不是铺子。在这苦中带乐的生涯里，银弟生下了地。过了几时，她父亲又在上海拐了一笔钱和一个女子，大小四人就又从上海逃到了北京。拐来的那个女子，后来当然只好去当娼妓，银弟的娘也因为男人的不德，饮上了酒，渐渐地变成了班子里的龟婆。罪恶贯盈，她父亲竟于一天严寒的晚上在雪窠里醉死了。她的娘以节蓄下来的四五百块恶钱，包了一个姑娘，勉强维持她的生活。像这样的日子，过了几年，银弟也长大了。在这中间，她的娘自然不能安分守寡，和一个年轻的琴师又结成了夫妇。循环报应，并不是天理，大约是人事当然的结果；前年春天，银弟也从"度嫁"的身分进了一步，去上捐当作了娼女。而我这前世作孽的冤鬼，也同她前后同时地浮荡在北京城里。

第一次去访问之后，她已经把我的名姓记住。第二天晚上十一点前后醉了回家，家里的老妈子就告诉我说："有一位姓董的，已经打了好几次电话来了。"我当初摸不着头脑，按了老妈子告诉我的号码就打了一个回电。及听到接电话的人说是蘼香馆，我才想起了前一晚的事情，所以并没有教他去叫银弟讲话，马上就把接话机挂上了。

记得这是前年九、十月中的事情，此后天气一天寒似一天，国内的经济界也因为政局的不安一天衰落一天，胡同里车马的稀少，也是当然的结果。这中间我虽则经济并不宽裕，然而东挪西借，一直到年底止，为银弟开销的账目，总结起来，也有几百块钱的样子。在阔人很多的北京城里，这几百块钱，当然算不得什么一回事，可是由相貌不扬，衣饰不富，经验不足的银弟看来，我已经是她的恩客了。此外还有一件事情，说出来是谁也不相信的，使她更加把我当作了一个不是平常的客人看。

一天北风刮得很利害，寒空里黑云飞满，仿佛就要下雪的日暮，我和几个朋友，在游艺园看完戏之后，上小有天去吃夜饭去。这时候房间和散座，都被人占去了，我们只得在门前小坐，候人家的空位。过了一忽，银弟和一个四十左右的绅士，从里面一间小房间里出来了。当她经过我面前的时候，一位和我去过她那里的朋友，很冒失地叫了她一声，她抬头一看，才注意到我的身上，窑子在游戏场同时遇见两个客人本来是常有的事情，但她仿佛是很难为情地丢下了那个客人来和我招呼。我一点也不变脸色，仍复是平平和和地对她说了几句话，叫她快些出去，免得那个客人要起疑心。她起初还以为我在吃醋，后来看出了我的真心，才很快活地走了。

好容易等到了一间空屋，又因为和银弟讲了几句话的结果，被人家先占了去；我们等了二十几分钟，才得了一间空座进去坐了。吃菜吃到第二碗，伙计在外边嚷，说有电话，要请一位姓×的先生说话。我起初还不很注意，后来听伙计叫的的确是和我一样的姓，心里想或者是家里打来的，因为他们知道我在游艺园，而小有天又是我常去吃晚饭的地方。猫猫虎虎到电话口去一听，就听出了银弟的声音。她要我马上去她那里，她说刚才那个客人本来要请她听戏，但她拒绝了。我本来是不想去的，但吃完晚饭，出游艺园的时候，时间还早，朋友们不愿意就此分散，大家你一句我一句，就决定要我上银弟那里去问她的罪。

在她房里坐了一个多钟头，接着又打了四圈牌，吃完了酒，想马上回家，而银弟和同去的朋友，都要我在那里留宿。他们出去之后，并且把房门带上，在外面上了锁。

那时候已经是一点多钟了，妓院里特有的那一种艳乱的杂音，早已停歇，窗外的风声，倒反而加起劲来。银弟拉我到火炉旁边去坐下，问我何以不愿意在她那里宿。我只是对她笑笑，吸着烟，不和她说话。她呆了一会，就把头搁在我的肩上，哭了起来。妓女的眼泪，本来是不值钱的；尤其是那时候我和她的交情并不深，自从头一次访问之后，拢总还不过去了三四次；所以我看了她这一种样子，心里倒觉得很不快活，以为她在那里用手段。哭了半天，我只好抱她上床，和她横靠在叠好的被条上面。她止住眼泪之后，又沉默了好久，才慢慢地举起头来说：

“耐格人啊，真姆拨良心！……”

又停了几分钟，感伤的话，一齐地发出来了：

“平常日甲末，耐总勿肯来，来仔末，总说两句鬼话啦，就跑脱哉。打电话末，总教老妈子回复，说‘勿拉屋里！’。真朝碰着仔，要耐来拉给搭，耐回想跑回起。叫人家格面子阿过得起？……数数看，像娥给当人，实在勿配做耐格朋友……”

说到了这里，她又重新哭了起来，我的心也被她哭软了。拿出手帕来替她擦干了眼泪，我不由自主地吻了她好半天。换了衣服，洗了身，和她在被里睡好，桌上的摆钟，正敲了四下。这时候她的余哀未去，我也很起了一种悲感，所以两人虽抱在一起，心里却并没有失掉互相尊敬的心思。第二天一直睡到午前的十点钟起来，两人间也不曾有一点猥亵的行为。起床之后，洗完脸，要去叫早点心的时候，她问我吃荤的呢还是吃素的，我对她笑了一笑，她才跑过来捏了我一把，轻轻地骂我说：

“耐拉取笑娥呢，回是勒拉取笑耐自家？”

我也轻轻地回答她说：

“我益格洙事，已经割脱着！”

这一晚的事情，说出来大家总不肯相信，但从此之后，她对我的感情，的确是剧变了。因此我也更加觉得她的可怜，所以自那时候起到年底止的两三个月中间，我竟为她付了几百块钱的账。当她身子不净的时候，也接连在她那里留了好几夜宿。

去年正月，因为一位朋友要我去帮他的忙，不得不在兵荒缭乱之际，离开北京，西车站的她的一场大哭，又给了我一个很深的印象。

躺在船舱里的棉被上，把银弟和我中间的一场一场的悲喜剧，回想起来之后，神经愈觉得兴奋，愈是睡不着了。不得已只好起来，拿了烟罐火柴，想上食堂去吸烟去。跳下了床，开门出来，在门外的通路上，却巧又遇见了那位很像银弟的广东姑娘。我因为正在回忆之后，突然见了她的形象，照耀在电灯光里，心里忽而起了一种奇妙的感觉，竟瞪了两眼，呆呆地站住了。她看了我的奇怪的样子，也好像很诧异似的站住了脚。这时候幸亏同船者都已睡尽，没有人看见；而我也于一分钟之内，回复了意识，便不慌不忙地走过她的身边，对她问了一声："还没有睡么？"就上食堂去吸烟去。

二

从上海出发之后第四天的早晨，听说是已经过了汕头，也许今天晚上可以进虎门的。船客的脸上，都现出一种希望的表情来；天也放晴，"突克"上的人声也嘈杂起来了。

这一次的航海，总算还好，风浪不十分大，路上也没有遇着强盗，而今天所走的地方，已经是安全地带了。在“突克”的左旁，一位广东的老商人，一边拿了望远镜在望海边的岛屿，一边很努力地用了普通话对我说了一段话。

太阳忽隐忽现，海风还是微微地拂上面来，我们究竟向南走了几千里路，原是谁也说不清楚；可是纬度的变迁的证明，从我们的换了夹衣之后，还觉得闷热的事实上找得出来，所以我也不知不觉地对那老商人说：

“老先生，我们已经接触了南国的风光了！”

吃了早午饭，又在“突克”上和那老商人站立了一回，看看远处的岛屿海岸，也没有什么不同的变化，我就回到了舱里去享受午睡。大约是几天来运动不足，消化不良的缘故，头一搁上枕，就作了许多乱梦。梦见了去年在北京德国病院里死的一位朋友；梦见了两月前头，在故乡和我要好的那个女人，又梦见了几回哥哥和我吵闹的情形；最后又梦见我自家在一家酒店门口发怔，因为这酒家柜上，一盘一盘陈列着在卖的尽是煮熟了的人头和人的上半身。

午后三点多钟，睡醒之后，又上“突克”去看了一次，四面的景色，还是和午前一样，问问同伴，说要明天午后，才得到广州。幸而这时候那广东姑娘出来了，和她不即不离地说了几句极普通的话，觉得旅愁又减少了一点。这一晚和前几晚一样，看了几页小说，吸了几枝烟，想了些前后错杂的事情，就不知不觉地睡着了。

船到虎门外，等领港的到来，慢慢地驶进珠江，是在开船后第五天的午后三点多钟；天空黯淡，细雨丝丝在下，四面的小岛，远近的渔村，水边的绿树，使一般船客都中心不定地跑来跑去在“突克”和舱室的中间行走；南方的风物，煞是离奇，煞是可爱！

若在北方，这时候只是一片黄沙瘠土，空林里总认不出一串青枝绿叶来；而这南乡的二月，水边山上，苍翠欲滴的树叶，不消再说，江岸附近的水田里，仿佛是已经在忙分秧稻的样子。珠江江口，汊港又多，小岛更夥，望南望北，看得出来的，不是嫩绿浓荫的高树，便是方圆整洁的农园。树荫下有依水傍山的瓦屋，园场里排列着荔枝龙眼的长行，中间且有粗枝大干，红似相思的木棉花树，这是梦境呢还是实际？我在船头上竟看得发呆了。

“美啊！这不是和日本长崎口外的风景一样么？”同舱的K叫着说。

“美啊！这简直是江南五月的清和景！”同舱的W亦受了感动。

“可惜今天的天气不好，把这一幅好景致染上了忧郁的色彩。”我也附和他们说。

船慢慢地进了珠江，两岸的水乡人家的春联和门楣上的横额，都看得清清楚楚。前面老远，在空蒙的烟雨里，有两座小小的宝塔看见了。

“那是广州城!”

“那是黄埔!”

像这样的惊喜的叫唤，时时可以听见，而细雨还是不止，天色竟阴阴地晚了。

吃过晚饭，再走出舱来的时候，四面已经是夜景了。远近的湾港里，时有几盏明灭的渔灯看得出来，岸上人家的墙壁，还依稀可以辨认。广州城的灯火，看得很清，可是问问船员，说到白鹅潭还有二十多里。立在黄昏的细雨里，尽把脖子伸长，向黑暗中瞭望，也没有什么意思，又想回到食堂里去吸烟，但W和K却不愿意离开“突克”。

不知经过了几久，轮船的轮机声停止了。“突克”上充满了压人的寂静，几个喜欢说话的人，又受了这寂静的威胁，不敢作声；忽而船停住了，跑来跑去有几个水手呼唤的声音。轮船下舢板中的男女的声音，也听得出来了，四面的灯火人家，也增加了数目。舱里的茶房，不知道什么时候出来的，这时候也站在我们的身旁，对我们说：

“船已经到了，你们还是回舱去照料东西吧！广东地方可不是好地方。”

我们问他可不可以上岸去，他说晚上雇舢板危险，还不如明天早上上去的好，这一晚总算到了广州，而仍在船上宿了一宵。

在白鹅潭的一宿，也算是这次南行的一个纪念，总算又和那广东姑娘同在一只船上多睡了一晚。第二天早晨，天一亮，不及和那姑娘话别，我们就雇了小艇，冒雨冲上岸来了。

十四年四月二十日

移家琐记

一

流水不腐，这是中国人的俗话，Stagnant pond，这是外国人形容固定的颓毁状态的一个名词。在一处羁住久了，精神上习惯上，自然会生出许多霉烂的斑点来。更何妨洋场米贵，狭巷人多，以我这一个穷汉，夹杂在三百六十万上海市民的中间，非但汽车，洋房，跳舞，美酒等文明的洪福享受不到，就连吸一口新鲜空气，也得走十几里路。移家的心愿，早就有了；这一回却因朋友之介，偶尔在杭城东隅租着了一所适当的闲房，筹谋计算，也张罗拢了二三百块洋钱，于是这很不容易成就的戋戋私愿，竟也猫猫虎虎地实现了。小人无大志，蜗角亦乾坤，触蛮鼎定，先让我来谢天谢地。

搬来的那一天，是春雨霏微的星期二的早上，为计时日的正确，只好把一段日记抄在下面：

> 一九三三年四月廿五（阴历四月初一），星期二。晨五点起床，窗外下着蒙蒙的时雨，料理行装等件，赶赴北站，衣帽尽湿。携女人儿子及一仆妇登车，在不断的雨丝中，向西进发。野景正妍，除白桃花，菜花，棋盘花外，田野里只一片嫩绿，浅淡尚带鹅黄。此番因自上海移居杭州，故行李较多，视孟东野稍为富有，沿途上落，被无产同胞的搬运夫，敲刮去了不少。午后一点到杭州城站，雨势正盛，在车上蒸干之衣帽，又涔涔湿矣。

新居在浙江图书馆侧面的一堆土山旁边，虽只东倒西斜的三间旧屋，但比起上海的一楼一底的弄堂洋房来，究竟宽敞得多了，所以一到寓居，就开始做室内装饰的工作。沙发是没有的，镜屏是没有的，红木器具，壁画纱灯，一概没有。几张板桌，一架旧书，在上海时，塞来塞去，只觉得没地方塞的这些破铜烂铁，一到了杭州，向三间连通的矮厅上一摆，看起来竟空空洞洞，像煞是沧海中间的几颗粟米了。

最后装上壁去的，却是上海八云装饰设计公司送我的一块石膏圆面。塑制者是江山徐葆蓝氏，面上刻出的是《圣经》里马利马格大伦的故事。看来看去，在我这间黝暗矮阔的大厅陈设之中，觉得有一点生气的，就只是这一块同深山白雪似的小小的石膏。

二

向晚雨歇，电灯来了。灯光灰暗不明，问先搬来此地住的王母以“何不用个亮一点的灯球？”方才知道朝市而今虽不是秦，但杭州一隅，也决不是世外的桃源，这样要捐，那样要税，居民的负担，简直比世界哪一国的首都，都加重了；即以电灯一项来说，每一个字，在最近也无法地加上了好几成的特捐。“烽火满天殍满地，儒生何处可逃秦？”这是几年前做过的叠秦韵的两句山歌，我听了这些话后，嘴上虽则不念出来，但心里却也私私地转想了好几次。腹诽若要加刑，则我这一篇琐记，又是自己招认的供状了，罪过罪过。

三更人静，门外的巷里，忽传来了些笃笃笃的敲小竹梆的哀音。问是什么，说是卖馄饨圆子的小贩营生。往年这些担头很少，现在冷街僻巷，都有人来卖到天明了，百业的凋敝，城市的萧条，这总也是民不聊生的一点点的实证吧？

新居落寞，第一晚睡在床上，翻来覆去总睡不着觉。夜半挑灯，就只好拿出一本新出版的《两地书》来细读。有一位批评家说，作者的私记，我们没有阅读的义务。当时我对这话，倒也佩服得五体投地，所以书店来要我出书简集的时候，我就坚决地谢绝了，并且还想将一本为无钱过活之故而拿去出卖的日记都教他们毁版，以为这些东西，是只好于死后，让他人来替我印行的；但这次将鲁迅先生和密斯许的书简集来一读，则非但对那位批评家的信念完全失掉，并且还在这一部两人的私记里，看出了许多许多平时不容易看到的社会黑暗面来。至如鲁迅先生的诙谐愤俗的气概，许女士的诚实庄严的风度，还是在长书短简里自然流露的余音，由我们熟悉他们的人看来，当然更是味中有味，言外有情，可以不必提起，我想就是绝对不认识他们的人，读了这书，至少也可以得到几多的教训。私记私记，义务云乎哉？

从夜半读到天明，将这《两地书》读完之后，神经觉得愈兴奋了，六点敲过，就率性走到楼下去洗了一洗手脸，换了一身衣服，踏出大门，打算去把这杭城东隅的侵晨朝景，看它一个明白。

三

夜来的雨，是完全止住了，可是外貌像马加弹姆式的沙石马路上，还满涨着淤泥，天上也还浮罩着一层明灰的云幕。路上行人稀少，老远老远，只看得见一部慢慢在向前拖走的人力车的后形。从狭巷里转出东街，两旁的店家，也只开了一半，连挑了菜担在沿街赶早市的农民，都像是没有灌气的橡皮玩具。四周一看，萧条复萧条，衰落又衰落，中国的农村，果然是破产了，但没有实业生产机关，没有和平保障的像杭州一样的小都市，又何尝不在破产的威胁下战栗着待毙呢？中国目下的情形，大抵总是农村及小都市的有产者，集中到大都会去。在大都会的帝国主义保护之下变成殖民地的新资本家，或变成军阀官僚的附属品的少数者，总算是找着了出路。他们的货财，会愈积而愈多，同时为他们所牺牲的同胞，当然也要加速度地倍加起来。结果就变成这样的一个公式：农村中的有产者集中小都市，小都市的有产者集中大都会，等到资产化尽，而生财无道的时候，则这些素有恒产的候鸟就又得倒转来从大都会而小都市而仍返农村去作贫民。转转循环，丝毫不爽，这情形已经继续了二三十年了，再过五年十年之后的社会状态，自然可以不卜而知了啦，社会的症结究在哪里？唯一的出路究在哪里？难道大家还不明白么？空喊着抗日抗日，又有什么用处？

一个人在大街上踱着想着，我的脚步却于不知不觉的中间，开了倒车，几个弯儿一绕，竟又将我自己的身体，搬到了大学近旁的一条路上来了。向前面看过去，又是一堆土山。山下是平平的泥路和浅浅的池塘。这附近一带，我儿时原也来过的。二十几年前头，我有一位亲戚曾在报国寺里当过军官，更有一位哥哥，曾在陆军小学堂里当过学生。既然已经回到了寓居的附近，那就爬上山去看它一看吧，好在一晚没有睡觉，头脑还有点儿糊涂，登高望望四境，也未始不是一帖清凉的妙药。

天气也渐渐开朗起来了，东南半角，居然已经露出了几点青天和一丝白日。土山虽则不高，但眺望倒也不坏。湖上的群山，环绕在西北的一带，再北是空间，更北是湖州境内的发样的青山了。东面迢迢，看得见的，是临平山，皋亭山，黄鹤山之类的连峰叠障。再偏东北处，大约是塘栖镇上的超山山影，看去虽则不远，但走走怕也有半日好走哩。在土山上环视了一周，由远及近，用大量观察法来一算，我才明白了这附近的地理。原来我那新寓，是在军装局的北方，而三面的土山，系遥接着城墙，围绕在军装局的匡外的。怪不得今天破晓的时候，还听见了一阵喇叭的吹唱，怪不得走出新寓的时候，还看见了一名荷枪直立的守卫士兵。

“好得很！好得很！……”我心里在想，“前有图书，后有武库，文武之道，备于此矣！”我心里虽在这样地自作有趣，但一种没落的感觉，一种不能再在大都会里插足的哀思，竟渐渐地渐渐地溶浸了我的全身。

记风雨茅庐

自家想有一所房子的心愿，已经起了好几年了；明明知道创造欲是好，所有欲是坏的事情，但一轮到了自己的头上，总觉得衣食住行四件大事之中的最低限度的享有，是不可以不保住的。我衣并不要锦绣，食也自甘于藜藿，可是住的房子，代步的车子，或者至少也必须一双袜子与鞋子的限度，总得有了才能说话。况且从前曾有一位朋友劝过我说，一个人既生下了地，一块地却不可以没有，活着可以住住立立，或者睡睡坐坐，死了便可以挖一个洞，将己身来埋葬；当然这还是没有火葬，没有公墓以前的时代的话。

自搬到杭州来住后，于不意之中，承友人之情，居然弄到了一块地，从此葬的问题总算解决了；但是住呢，占据的还是别人家的房子。去年春季，写了一篇短短的应景而不希望有什么结果的文章，说自己只想有一所小小的住宅；可是发表了不久，就来了一个回响。一位做建筑事业的朋友先来说："你若要造房子，我们可以完全效劳。"一位有一点钱的朋友也说："若通融得少一点，或者还可以想法。"四面一凑，于是起造一个风雨茅庐的计划即便成熟到了百分之八十，不知我者谓我有了钱，深知我者谓我冒了险，但是有钱也罢，冒险也罢，入秋以后，总之把这笑话勉强弄成了事实，在现在的寓所之旁，也竟丁丁笃笃地动起了工，造起了房子。这也许是我的Folly，这也许是朋友们对于我的过信，不过从今以后，那些破旧的书籍，以及行军床，旧马子之类，却总可以不再去周游列国，学夫子的栖栖一代了，在这些地方，所有欲原也有它的好处。

本来是空手做的大事，希望当然不能过高；起初我只打算以茅草来代瓦，以涂泥来作壁，起它五间不大不小的平房，聊以过过自己有一所住宅的瘾的；但偶尔在亲戚家一谈，却谈出来了事情。他说："你要造房屋，也得拣一个日，看一看方向；古代的《周易》，现代的天文地理，却实在是有至理存在那里的呢！"言下他还接连举出了好几个很有征验的实例出来给我听，而在座的其他三四位朋友，并且还同时做了填具脚踏手印的见证人。更奇怪的，是他们所说的这一位具有通天入地眼的奇迹创造者，也是同我们一样，读过哀皮西提，演过代数几何，受过现代高等教育的学校毕业生。经这位亲戚的一介绍，经我的一相信，当初的计划，就变了卦，茅庐变作了瓦屋，五开间的一排营房似的平居，拆作了三开间两开间的两座小蜗庐。中间又起了一座墙，墙上更挖了一个洞；住屋的两旁，也添了许多间的无名的小房间。这么的一来，房屋原多了不少，可同时债台也已经筑得比我的风火围墙还高了几尺。这一座高台基石的奠基者郭相经先生，并且还在劝我说："东南角的龙手太空，要好，还得造一间南向的门楼，楼上面再做上一层水泥的平台才行。"他的这一句话，又恰巧打中了我的下意识里的一个痛处；在这只空角上，我实在也在打算盖起一座塔样的楼来，楼名是十五六年前就想好的，叫作"夕阳楼"。现在这一座塔楼，虽则还没有盖起，可是只打算避避风雨的茅庐一所，却也涂上了朱漆，嵌上了水泥，有点像是外国乡镇里的五六等贫民住宅的样子了；自己虽则不懂阳宅的地理，但在光线不甚明亮的清早或薄暮看起来，倒也觉得郭先生的设计，并没有弄什么玄虚，和科学的方法，仍旧还是对的。所以一定要在光线不甚明亮的时候看的原因，就因为我的胆子毕竟还小，不敢空口说大话要包工用了最好的材料来造我这一座贫民住宅的缘故。这倒还不在话下，有点儿觉得麻烦的，却是预先想好的那个风雨茅庐的风雅名字与实际的不符。皱眉想了几天，又觉得中国的山人并不入山，儿子的小犬也不是狗的玩意儿，原早已有人在干了，我这样小小地再说一个并不害人的谎，总也不至于有死罪。况且西湖上的那间巍巍乎有点像先施、永安的堆栈似的高大洋楼之以××草舍作名称，也不曾听见说有人去干涉过。多一事不如少一事，九九归原，还是照最初的样子，把我的这间贫民住宅，仍旧叫作了避风雨的茅庐。横额一块，却是因马君武先生这次来杭之便，硬要他伸了疯痛的右手，替我写上的。

一九三六年一月十日

回忆鲁迅

序　言

鲁迅作古的时候，我正飘流在福建。那一天晚上，刚在南台一家饭馆里吃晚饭，同席的有一位日本的新闻记者，一见面就问我，鲁迅逝世的电报，接到了没有？我听了，虽则大吃了一惊，但总以为是同盟社造的谣。因为不久之前，我曾在上海会过他，我们还约好于秋天同去日本看红叶的。后来虽也听到他的病，但平时晓得他老有因为落夜而致伤风的习惯，所以，总觉得这消息是不可靠的误传。因为得了这一个消息之故，那一天晚上，不待终席，我就走了。同时，在那一夜里，福建报上，有一篇演讲稿子，也有改正的必要，所以从南台走回城里的时候，我就直上了报馆。

晚上十点以后，正是报馆里最忙的时候，我一到报馆，与一位负责的编辑，只讲了几句话，就有位专编国内时事的记者，拿了中央社的电稿，来给我看了；电文却与那一位日本记者所说的一样，说是“著作家鲁迅，于昨晚在沪病故”了。

我于惊愕之余，就在那一张破稿纸上，写了几句电文：“上海申报转许景宋女士：骤闻鲁迅噩耗，未敢置信，万请节哀，余事面谈。”第二天的早晨，我就踏上了三北公司的靖安轮船，奔回到了上海。

鲁迅的葬事，实在是中国文学史上空前的一座纪念碑，他的葬仪，也可以说是民众对日人的一种示威运动。工人，学生，妇女团体，以前鲁迅生前的知友亲戚，和读他的著作，受他的感化的不相识的男男女女，参加行列的，总有一万人以上。

当时，中国各地的民众正在热叫着对日开战，上海的知识分子，尤其是孙夫人蔡先生等旧日自由大同盟的诸位先进，提倡得更加激烈，而鲁迅适当这一个时候去世了，他平时，也是主张对日抗战的，所以民众对于鲁迅的死，就拿来当作了一个非抗战不可的象征；换句话说，就是在把鲁迅的死，看作了日本侵略中国的具体事件之一。在这个时候，在这一种情绪下的全国民众，对鲁迅的哀悼之情，自然可以不言而喻了；所以当时全国所出的刊物，无论哪一种定期或不定期的印刷品上，都充满了哀吊鲁迅的文字。

但我却偏有一种爱冷不感热的特别脾气，以为鲁迅的崇拜者，友人，同事，既有了这许多追悼他的文字与著作，那我这一个渺乎其小的同时代者，正可以不必马上就去铺张些我与鲁迅的关系。在这一个热闹关头，我就是写十万百万字的哀悼鲁迅的文章，于鲁迅之大，原是不能再加上以毫末，而于我自己之小，反更足以多一个证明。因此，我只在《文学》月刊上，写了几句哀悼的话，此外就一字也不提，一直沉默到了现在。

现在哩！鲁迅的全集，已经出版了；而全国民众，正在一个绝大的危难底下抖擞。在这伟大的民族受难期间，大家似乎对鲁迅个人的伤悼情绪，减少了些了，我却想来利用余闲，写一点关于鲁迅的回忆。若有人因看了这回忆之故，而去多读一次鲁迅的集子，那就是我对于故人的报答，也就是我所以要写这些断片的本望。

廿七年八月十四日在汉寿

和鲁迅第一次的相见，不知是在哪一年哪一月哪一日，——我对于时日地点，以及人的姓名之类的记忆力，异常地薄弱，人非要遇见至五六次以上，才能将一个人的名氏和一个人的面貌连合起来，记在心里——但地方却记得是在北平西城的砖塔儿胡同一间坐南朝北的小四合房子里。因为记得那一天天气很阴沉，所以一定是在我去北平，入北京大学教书的那一年冬天，时间仿佛是在下午的三四点钟。若说起那一年的大事情来，却又有史可稽了，就是曹锟贿选成功，做大总统的那一个冬天。

去看鲁迅，也不知是为了什么事情。他住的那一间房子，我却记得很清楚，是在那两座砖塔的东北面，正当胡同正中的地方，一个三四丈宽的小院子，院子里长着三四株枣树。大门朝北，而住屋——三间上房——却朝正南，是杭州人所说的倒骑龙式的房子。

那时候，鲁迅还在教育部里当佥事，同时也在北京大学里教小说史略。我们谈的话，已经记不起来了，但只记得谈了些北大的教员中间的闲话，和学生的习气之类。

他的脸色很青，胡子是那时候已经有了；衣服穿得很单薄，而身材又矮小，所以看起来像是一个和他的年龄不大相称的样子。

他的绍兴口音，比一般绍兴人所发的来得柔和，笑声非常之清脆，而笑时眼角上的几条小皱纹，却很是可爱。

房间里的陈设，简单得很；散置在桌上，书橱上的书籍，也并不多，但却十分地整洁。桌上没有洋墨水和钢笔，只有一方砚瓦，上面盖着一个红木的盖子。笔筒是没有的，水池却像一个小古董，大约是从头发胡同的小市上买来的无疑。

他送我出门的时候，天色已经晚了，北风吹得很大；门口临别的时候，他不晓说了一句什么笑话，我记得一个人在走回寓舍来的路上，因回忆着他的那一句，满面还带着了笑容。

同一个来访我的学生，谈起了鲁迅。他说："鲁迅虽在冬天，也不穿棉裤，是抑制性欲的意思。他和他的旧式的夫人是不要好的。"因此，我就想起了那天去访问他时，来开门的那一位清秀的中年妇人。她人亦矮小，缠足梳头，完全是一个典型的绍兴太太。

数年前，鲁迅在上海，我和映霞去北戴河避暑回到了北平的时候，映霞曾因好奇之故，硬逼我上鲁迅自己造的那一所西城象鼻胡同后面西三条的小房子里，去看过这中年的妇人。她现在还和鲁迅的老母住在那里，但不知她们在强暴的邻人管制下的生活也过得惯不？

那时候，我住在阜城门内巡捕厅胡同的老宅里。时常来往的，是住在东城禄米仓的张凤举，徐耀辰两位，以及沈尹默，沈兼士，沈士远的三昆仲；不时也常和周作人氏，钱玄同氏，胡适之氏，马幼渔氏等相遇，或在北大的休息室里，或在公共宴会的席上。这些同事们，都是鲁迅的崇拜者，而对于鲁迅的古怪脾气，都当作一件似乎是历史上的轶事在谈论。

在我与鲁迅相见不久之后，周氏兄弟反目的消息，从禄米仓的张、徐二位那里听到了。原因很复杂，而旁人终于也不明白是究竟为了什么。但终鲁迅的一生，他与周作人氏，竟没有和解的机会。

本来，鲁迅与周作人氏哥儿俩，是住在八道湾的那一所大房子里的。这一所大房子，系鲁迅在几年前，将他们绍兴的祖屋卖了，与周作人在八道湾买的；买了之后，加以修缮，他们弟兄和老太太就统在那里住了。俄国的那位盲诗人爱罗先珂寄住的，也就是这一所八道湾的房子。

后来鲁迅和周作人氏闹了，所以他就搬了出来，所住的，大约就是砖塔胡同的那一间小四合了。所以，我见到他的时候，正在他们的口角之后不久的期间。

据凤举他们判断，以为他们弟兄间的不睦，完全是两人的误解。周作人氏的那位日本夫人，甚至说鲁迅对她有失敬之处。但鲁迅有时候对我说："我对启明，总老规劝他的，教他用钱应该节省一点。我们不得不想想将来，但他对于经济，总是进一个花一个的，尤其是他那一位夫人。"从这些地方，会合起来，大约他们反目的真因，也可以猜度到一二成了。不过凡是认识鲁迅，认识启明及他的夫人的人，都晓得他们三个人，完全是好人；鲁迅虽则也痛骂过正人君子，但据我所知的他们三人来说，则只有他们才是真正的正人君子。现在颇有些人，说周作人已作了汉奸，但我却始终仍是怀疑。所以，全国文艺作者协会致周作人的那一封公开信，最后的决定，也是由我改削过的；我总以为周作人先生，与那些甘心卖国的人，是不能作一样的看法的。

这时候的教育部，薪水只发到二成三成，公事是大家不办的，所以，鲁迅很有功夫教书，编讲义，写文章。他的短文，大抵是由孙伏园氏拿去，在《晨报副刊》上发表；教书是除北大外，还兼任着师大。

有一次，在鲁迅那里闲坐，接到了一个来催开会的通知，我问他忙么？他说，忙倒也不忙，但是同唱戏的一样，每天总得到处去扮一扮。上讲台的时候，就得扮教授，到教育部去也非得扮官不可。

他说虽则这样地说，但做到无论什么事情时，却总肯负完全的责任。

至于说到唱戏呢，在北平虽则住了那么久，可是他终于没有爱听京戏的癖性。他对于唱戏听戏的经验，始终只限于绍兴的社戏，高腔，乱弹，目连戏等，最多也只听到了徽班。阿Q所唱的那句“手执钢鞭将你打”，就是乱弹班《龙虎斗》里的句子，是赵玄坛唱的。

对于目连戏，他却有特别的嗜好，他有好几次同我说，这戏里的穿插，实在有许许多多的幽默味。他曾经举出不少的实例，说到一个借了鞋袜靴子去赴宴会的人，到了人来向他索还，只剩一件大衫在身上的时候，这一位老兄就装作肚皮痛，以两手按着腹部，口叫着我肚皮痛杀哉，将身体伏矮了些，于是长衫就盖到了脚部以遮掩过去的一段，他还照样地做出来给我们看过。说这一段话时，我记得《月夜》的著者，川岛兄也在座上，我们曾经大笑过的。

后来在上海，我有一次谈到了予倩、田汉诸君想改良京剧，来作宣传的话，他根本就不赞成。并且很幽默地说，以京剧来宣传救国，那就是"我们救国啊啊啊啊了，这行么？"

孙伏园氏在晨报社，为了鲁迅的一篇挖苦人的恋爱的诗，与刘勉己氏闹反了脸。鲁迅的学生李小峰就与伏园联合起来，出了《语丝》。投稿者除上述的诸位之外，还有林语堂氏，在国外的刘半农氏，以及徐旭生氏等。但是周氏兄弟，却是《语丝》的中心。而每次语丝社中人叙会吃饭的时候，鲁迅总不出席，因为不愿与周作人氏遇到的缘故。因此，在这一两年中，鲁迅在社交界，始终没有露一露脸。无论什么人请客，他总不肯出席，他自己哩，除了和一二人去小吃之外，也绝对地不大规模（或正式）地请客。这脾气，直到他去厦门大学以后，才稍稍改变了些。

鲁迅的对于后进的提拔，可以说是无微不至。《语丝》发刊以后，有些新人的稿子，差不多都是鲁迅推荐的。他对于高长虹他们的一集团，对于沉钟社的几位，对于未名社的诸子，都一例地在为说项。就是对于沈从文氏，虽则已有人在孙伏园去后的《晨报副刊》上在替吹嘘了，他也时时提到，唯恐诸编辑的埋没了他。还有当时在北大念书的王品青氏，也是他所属望的青年之一。

鲁迅和景宋女士（许广平）的认识，是当他在北京（那时北平还叫做北京）女师大教书的中间，前后经过，《两地书》里已经记载得很详细，此地可以不必说。但他和许女士的进一步的接近，是在"三一八"惨案之前，章士钊做教育总长，使刘百昭去用了老妈子军以暴力解散女师大的时候。

鲁迅是向来喜欢打抱不平的，看了章士钊的横行不法，又兼自己还是这学校的讲师，所以，当教育部下令解散女师大的时候，他就和许季茀，沈兼士，马幼渔等一道起来反对。当时的鲁迅，还是教育部的佥事，故而总长的章士钊也就下令将他撤职。为此，他一面向行政院控告章士钊，提起行政诉讼，一面就在《语丝》上攻击《现代评论》的为虎作伥，尤以对陈源（通伯）教授为最烈。

《现代评论》的一批干部，都是英国留学生；而其中像周鲠生，皮宗石，王世杰等，却是两湖人。他们和章士钊，在同到过英国的一点上，在同是湖南人的一点上，都不得不帮教育部的忙。鲁迅因而攻击绅士态度，攻击《现代评论》的受贿赂，这一时候他的杂文，怕是他一生之中，最含热意的妙笔。在这一个压迫和反抗，正义和暴力的争斗之中，他与许广平便有了更进一步的认识机会。

在这前后，我和他见面的次数并不多，因为我已经离开了北平，上武昌师范大学文科去教书了，可是这一年（民十三?）暑假回北京，看见他的时候，他正在做控告章士钊的状子，而女师大为校长杨荫榆的问题，也正是闹得最厉害的期间。当他告诉我完了这事情的经过之后，他仍旧不改他的幽默态度说：

“人家说我在打落水狗，但我却以为在打枪伤老虎，在扮演周处或武松。”

这句话真说得我高笑了起来。可是他和景宋女士的认识，以及有什么来往，我却还一点儿也不曾晓得。

直到两年（?）之后，他因和林文庆博士闹意见，从厦门大学回上海的那一年暑假，我上旅馆去看他，谈到了中午，就约他及景宋女士与在座的许钦文去吃饭。在吃完饭后，茶房端上咖啡来时，鲁迅却很热情地向正在搅咖啡杯的许女士看了一眼，又用告诫亲属似的热情的口气，对许女士说：

“密斯许，你胃不行，咖啡还是不吃的好，吃些生果吧！”

在这一个极微细的告诫里，我才第一次看出了他和许女士中间的爱情。

从此以后，鲁迅就在上海住下了，是在闸北去窦乐安路不远的景云里内一所三楼朝南的洋式弄堂房子里。他住二层的前楼，许女士是住在三楼的。他们两人间的关系，外人还是一点儿也没有晓得。

有一次，林语堂——当时他住在愚园路，和我静安寺路的寓居很近——和我去看鲁迅，谈了半天出来，林语堂忽然问我：

“鲁迅和许女士，究竟是怎么回事，有没有什么关系的？”

我只笑着摇摇头，回问他说：

“你和他们在厦大同过这么久的事，难道还不晓得么？我可真看不出什么来。”

说起林语堂，实在是一位天性纯厚的真正英美式的绅士，他决不疑心人有意说出的不关紧要的谎。我只举一个例出来，就可以看出他的本性。当他在美国向他的夫人求爱的时候，他第一次捧呈了她一册克莱克夫人著的小说《模范绅士约翰·哈里法克斯》；但第二次他忘记了，又捧呈了她以这册 *John Halifax Gentleman*。这是林夫人亲口对我说的话，当然是不会错的。从这一点上看来，就可以看出语堂真是如何地忠厚老实的一位模范绅士。他的提倡幽默，挖苦绅士态度，我们都在说，这些都是从他的Inferiority Complex（不及错觉）心理出发的。

语堂自从那一回经我说过鲁迅和许女士中间大约并没有什么关系之后，一直到海婴（鲁迅的儿子）将要生下来的时候，才兹恍然大悟。我对他说破了，他满脸泛着好好先生的微笑说：

“你这个人真坏！”

鲁迅的烟瘾，一向是很大的；在北京的时候，他吸的，总是哈德门牌的十枝装包。当他在人前吸烟的时候，他总探手进他那件灰布棉袍的袋里去摸出一枝来吸；他似乎不喜欢将烟包先拿出来，然后再从烟包里抽出一枝，而再将烟包塞回袋里去。他这脾气，一直到了上海，仍没有改过，不晓是为了怕麻烦的原因呢，抑或为了怕人家看见他所吸的烟，是什么牌。

他对于烟酒等刺激品，一向是不十分讲究的；对于酒，他是同烟一样。他的量虽则并不大，但却老爱喝一点。在北平的时候，我曾和他在东安市场的一家小羊肉铺里喝过白干；到了上海之后，所喝的，大抵是黄酒了。但五加皮，白玫瑰，他也喝，啤酒，白兰地他也喝，不过总喝得不多。

爱护他，关心他的健康无微不至的景宋女士，有一次问我："周先生平常喜欢喝一点酒，还是给他喝什么酒好？"我当然答以黄酒第一。但景宋女士却说，他喝黄酒时，老要量喝得很多，所以近来她在给他喝五加皮。并且说，因为五加皮酒性太烈，她所以老把瓶塞在平时拔开，好教消散一点酒气，变得淡些。

在这些地方，本可看出景宋女士的一心为鲁迅牺牲的伟大精神来，仔细一想，真要教人感激得下眼泪的，但我当时却笑了，笑她的太没有对于酒的知识。当然她原也晓得酒精成分多少的科学常识，可是爱人爱得过分时，常识也往往会被热挚的真情，掩蔽下去。我于讲完了量与质的问题，讲完了酒精成分的比较问题之后，就劝她，以后，顶好是给周先生以好的陈黄酒喝，否则还是喝啤酒。

这一段谈话后不久，忽而有一天，鲁迅送了我两瓶十多年陈的绍兴黄酒，说是一位绍兴同乡，带出来送他的。我这才放了心，相信以后他总不再喝五加皮等烈酒了。

我的记忆力很差，尤其是对于时日及名姓等的记忆。有些朋友，当见面时却混得很熟，但竟有一年半载以上，不晓得他的名姓的，因为混熟了，又不好再请教尊姓大名的缘故。像这一种习惯，我想一般人也许都有，可是，在我觉得特别地厉害。而鲁迅呢，却很奇怪，他对于遇见过一次，或和他在文字上有点纠葛过的人，都记得很详细，很永固。

所以，我在前段说起过的，鲁迅到上海的时日，照理应该在十八年的春夏之交；因为他于离开厦门大学之后，是曾上广州中山大学去住过一年的；他的重回上海，是在因和顾颉刚起了冲突，脱离中山大学之后；并且因恐受当局的压迫拘捕，其后亦曾在广州闲住了半年以上的时间。

他对于辞去中山大学教职之后，在广州闲住的半年那一节事情，也解释得非常有趣。他说：

“在这半年中，我譬如是一只雄鸡，在和对方呆斗。这呆斗的方式，并不是两边就咬起来，却是振冠击羽，保持着一段相当距离的对视。因为对方的假君子，背后是有政治力量的，你若一经示弱，对方就会用无论哪一种卑鄙的手段，来加你以压迫。

“因而有一次，大学里来请我讲演，伪君子正在庆幸机会到了，可以罗织成罪我的证据。但我却不忙不迫地讲了些魏晋人的风度之类，而对于时局和政治，一个字也不曾提起。”

在广州闲住了半年之后，对方的注意力有点松懈了，就是对方的雄鸡，坚忍力有点不能支持了；他就迅速地整理行囊，乘其不备，而离开了广州。

人虽则离开了，但对于代表恶势力而和他反对的人，他却始终不会忘记。所以，他的文章里，无论在哪一篇，只教用得上去的话，他总不肯放松一着，老会把这代表恶势力的敌人押解出来示众。

对于这一点，我也曾再三地劝他过，劝他不要上当。因为有许多无理取闹，来攻击他的人，都想利用了他来成名。实际上，这一个文坛登龙术，是屡试屡验的法门；过去曾经有不少的青年，因攻击鲁迅而成了名的。但他的解释，却很彻底。他说：

“他们的目的，我当然明了。但我的反攻，却有两种意思。第一，是正可以因此而成全了他们；第二，是也因为了他们，而真理愈得阐发。他们的成名，是烟火似的一时的现象，但真理却是永久的。”

他在上海住下之后，这些攻击他的青年，愈来愈多了。最初，是高长虹等，其次是太阳社的钱杏邨等，后来则有创造社的叶灵凤等。他对于这些人的攻击，都三倍四倍地给予了反攻，他的杂文的光辉，也正因了这些不断的搏斗而增加了熟练与光辉。他的全集的十分之六七，是这种搏斗的火花，成绩俱在，在这里可以不必再说。

此外还有些并不对他攻击，而亦受了他的笔伐的人，如张若谷、曾今可等；他对于他们，在酒兴浓溢的时候，老笑着对我说：

“我对他们也并没有什么仇。但因为他们是代表恶势力的缘故，所以我就做了堂·克蓄德[1]，而他们却做了活的风车。”

关于堂·克蓄德这一名词，也是钱杏邨他们奉赠给他的。他对这名词并不嫌恶，反而是很喜欢的样子。同样在有一时候，叶灵凤引用了苏俄讥高尔基的画来骂他，说他是“阴阳面的老人”，他也时常笑着说：“他们比得我太大了，我只恐怕承当不起。”

创造社和鲁迅的纠葛，系开始在成仿吾的一篇批评，后来一直地继续到了创造社的被封时为止。

鲁迅对创造社，虽则也时常有讥讽的言语，散发在各杂文里；但根底却并没有恶感。他到广州去之先，就有意和我们结成一条战线，来和反动势力拮抗的；这一段经过，恐怕只有我和鲁迅及景宋女士三人知道。

至于我个人与鲁迅的交谊呢，一则因系同乡，二则因所处的时代，所看的书，和所与交游的友人，都是同一类属的缘故，始终没有和他发生过冲突。

后来，创造社因被王独清挑拨离间，分成了派别，我因一时感情作用，和创造社脱离了关系，在当时，一批幼稚病

① 堂·克蓄德：现通译作堂吉诃德，西班牙作家塞万提斯（1547—1616）的小说《堂吉诃德》的主人公。

的创造社同志，都受了王独清等的煽动，与太阳社联合起来攻击鲁迅，但我却始终以为他们的行动是越出了常轨，所以才和他计划出了《奔流》这一个杂志。

《奔流》的出版，并不是想和他们对抗，用意是在想介绍些真正的革命文艺的理论和作品，把那些犯幼稚病的左倾青年，稍稍纠正一点过来。

当编《奔流》的这一段时期，我以为是鲁迅的一生之中，对中国文艺影响最大的一个转变时期。

在这一年当中，鲁迅的介绍左翼文艺的正确理论的一步工作，才开始立下了系统。而他的后半生的工作的纲领，差不多全是在这一个时期里定下来的。

当时在上海负责在做秘密工作的几位同志，大抵都是在我静安寺路的寓居里进出的人；左翼作家联盟，和鲁迅的结合，实际上是我做的媒介。不过，左翼成立之后，我却并不愿意参加，原因是因为我的个性是不适合于这些工作的，我对于我自己，认识得很清，决不愿担负一个空名，而不去做实际的事务；所以，左联成立之后，我就在一月之内，对他们公然地宣布了辞职。

但是暗中站在超然的地位，为左联及各工作者的帮忙，也着实不少。除来不及营救，已被他们杀死的许多青年不计外，在龙华，在租界捕房被拘去的许多作家，或则减刑，或则拒绝引渡，或则当时释放等案件，我现在还记得起来的，当不只十件八件的少数。

鲁迅的热心于提拔青年的一件事情，是大家在说的。但他的因此而受痛苦之深刻，却外边很少有人知道。像有些先受他的提拔，而后来却用攻击的方法以成自己的名的事情，还是彰明显著的事实，而另外还有些“挑了一担同情来到鲁迅那里，强迫他出很高的代价”的故事，外边的人，却大抵都不晓得了。在这里，我只举一个例：

在广州的时候，有一位青年的学生，因平时被鲁迅所感化而跟他到了上海。到了上海之后，鲁迅当然也收留他一道住在景云里那一所三层楼的弄堂房子里。但这一位青年，误解了鲁迅的意思，以为他没有儿子——当时海婴还没有生——所以收留自己和他住下，大约总是想把自己当作他的儿子的意思。后来，他又去找了一位女朋友来同住，意思是为鲁迅当儿媳妇的。可是，两人坐食在鲁迅的家里，零用衣饰之类，鲁迅当然是供给不了的；于是这一位自定的鲁迅的子嗣，就发生了很大的不满，要求鲁迅，一定要为他谋一出路。

鲁迅没法子，就来找我，教我为这青年去谋一职业，如报馆校对，书局伙计之类；假使是真的找不到职业，那么亦必须请一家书店或报馆在名义上用他做事，而每月的薪水三四十元，当由鲁迅自己拿出，由我转交给这书局或报馆，作为月薪来发给。

这事我向当时的现代书局说了，已经说定是每月由书局和鲁迅各拿出一半的钱来，使用这一位青年。但正当说好的时候，这一位青年却和爱人脱离了鲁迅而走了。

这一件事情，我记得章锡琛曾在鲁迅去世的时候写过一段短短的文章；但事实却很复杂，使鲁迅为难了好几个月。从这一回事情之后，鲁迅就爱说“青年是挑了一担同情来的”趣话。不过这仅仅是一例，此外，因同情青年的遭遇，而使他受到痛苦的事实还正多着哩！

民国十八年[①]以后，因国共分家的结果，有许多青年，以及正义的斗士，都无故而被牺牲了。此外，还有许多从事革命运动的青年，在南京，上海，以及长江流域的通都大邑里，被捕的，正不知有多少。在上海专为这些革命志士以及失业工人等救济而设的一个团体，是共济会。但这时候，这救济会已经遭了当局之忌，不能公开工作了；所以弄成请了律师，也不能公然出庭，有了店铺作保，也不能去向法庭请求保释的局面。在这时候，带有国际性的民权保障自由大同盟，才在孙夫人（宋庆龄女士）、蔡先生（孑民）等的领导之下，在上海成立了起来。鲁迅和我，都是这自由大同盟的

---

① 应为民国十六年（1927年）。

发起人，后来也连做了几任的干部，一直到南京的通缉令下来，杨杏佛被暗杀的时候为止。

在这自由大同盟活动的期间，对于平常的集会，总不出席的鲁迅，却于每次开会时一定先期而到；并且对于事务是一向不善处置的鲁迅，将分派给他的事务，也总办得井井有条。从这里，我们又可以看出，鲁迅不仅是一个只会舞文弄墨的空头文学家，对于实务，他原是也具有实际干才的。说到了实务，我又不得不想起我们合编的那一个杂志《奔流》——名义上，虽则是我和他合编的刊物，但关于校对，集稿，算发稿费等琐碎的事务，完全是鲁迅一个人效的劳。

他的做事务的精神，也可以从他的整理书斋，和校阅原稿等小事情上看得出来。一般和我们在同时做文字工作的人，在我所认识的中间，大抵十个有九个都是把书斋弄得乱杂无章的。而鲁迅的书斋，却在无论什么时候，都整理得必清必楚。他的校对的稿子，以及他自己的文章，涂改当然是不免，但总缮写得非常地清楚。

直到海婴长大了，有时候老要跑到他的书斋里去翻弄他的书本杂志之类；当这样的时候，我总看见他含着苦笑，对海婴说："你这小捣乱看好了没有？"海婴含笑走了的时候，他总是一边谈着笑话，一边先把那些搅得零乱的书本子堆叠得好好，然后再来谈天。

记得有一次，海婴已经会得说话的时候了，我到他的书斋去的前一刻，海婴正在那里捣乱，翻看书里的插画。我去的时候，书本子还没有理好。鲁迅一见着我，就大笑着说："海婴这小捣乱，他问我几时死；他的意思是我死了之后，这些书本都应该归他的。"

鲁迅的开怀大笑，我记得要以这一次为最兴高采烈。听这话的我，一边虽也在高笑，但暗地里一想到了"死"这一个定命，心里总不免有点难过。尤其是像鲁迅这样的人，我平时总不会把死和他联合起来想在一道。就是他自己，以及在旁边也在高笑的景宋女士，在当时当然也对于死这一个观念的极微细的实感都没有的。

这事情，大约是在他去世之前的两三年的时候；到了他死之后，在万国殡仪馆成殓出殡的上午，我一面看到了他的遗容，一面又看见海婴仍是若无其事地在人前穿了小小的丧服在那里快快乐乐地跑，我的心真有点儿绞得难耐。

鲁迅的著作的出版者，谁也知道是北新书局。北新书局的创始人李小峰是北大鲁迅的学生；因为孙伏园从《晨报副刊》出来之后，和鲁迅、启明及语堂等，开始经营《语丝》之发行，当时还没有毕业的李小峰，就做了《语丝》的发行兼管理印刷的出版业者。

北新书局从北平分到上海，大事扩张的时候，所靠的也是鲁迅的几本著作。

后来一年一年地过去，鲁迅的著作也一年一年地多起来了，北新和鲁迅之间的版税交涉，当然成了一个很大的问题。

北新对著作者，平时总只含混地说，每月致送几百元版税，到了三节，便开一清单来报账的。但一则他的每月致送的款项，老要拖欠，再则所报之账，往往不十分清爽。

后来，北新对鲁迅及其他的著作人，简直连月款也不提，节账也不算了。靠版税在上海维持生活的鲁迅，一时当然也破除了情面，请律师和北新提起了清算版税的诉讼。

照北新开给鲁迅的旧账单等来计算，在鲁迅去世的前六七年，早该积欠有两三万元了。这诉讼，当然是鲁迅的胜利，因为欠债还钱，是古今中外一定不易的自然法律。北新看到了这一点，就四出地托人向鲁迅讲情，要请他不必提起诉讼，大家来设法谈判。

当时我在杭州小住，打算把一部不曾写了的《蜃楼》写它完来。但住不上几天，北新就有电报来了，催我速回上海，为这事尽一点力。

后来经过几次的交涉，鲁迅答应把诉讼暂时不提，而北新亦愿意按月摊还积欠两万余元，分十个月还了；新欠则每月致送四百元，决不食言。

这一场事情，总算是这样的解决了；但在事情解决，北新请大家吃饭的那一天晚上，鲁迅和林语堂两人，却因误解而起了正面的冲突。

冲突的原因，是在一个不在场的第三者，也是鲁迅的学生，当时也在经营出版事业的某君。北新方面，满以为这一次鲁迅的提起诉讼，完全系出于这同行第三者的挑拨。而忠厚诚实的林语堂，于席间偶尔提起了这一个人的名字。

鲁迅那时，大约也有了一点酒意，一半也疑心语堂在责备这第三者的话，是对鲁迅的讽刺；所以脸色变青，从坐位里站了起来，大声地说：

“我要声明！我要声明！”

他的声明，大约是声明并非由这第三者的某君挑拨的。语堂当然也要声辩他所讲的话，并非是对鲁迅的讽刺；两人针锋相对，形势真弄得非常地险恶。

在这席间，当然只有我起来做和事老；一面按住鲁迅坐下，一面我就拉了语堂和他的夫人，走下了楼。

这事当然是两方的误解，后来鲁迅原也明白了；他和语堂之间，是有过一次和解的。可是到了他去世之前年，又因为劝语堂多翻译一点西洋古典文学到中国来，而语堂说这是老年人做的工作之故，而各起了反感。但这当然也是误解，当鲁迅去世的消息传到当时寄居在美国的语堂耳里的时候，语堂是曾有极悲痛的唁电发来的。

鲁迅住的景云里那一所房子，是在北四川路尽头的西面，去虹口花园很近的地方。因而去狄思威路北的内山书店亦只有几百步路。

书店主人内山完造，在中国先则卖药，后则经营贩卖书籍，前后总已有了二十几年的历史。他生活很简单，懂得生意经，并且也染上了中国人的习气，喜欢讲交情。因此，我们这一批在日本住久的人在上海，总老喜欢到他店里去坐坐谈谈；鲁迅于在上海住下之后，也就是这内山书店的常客之一。

“一·二八”沪战发生，鲁迅住的那一个地方，去天通庵只有一箭之路，交战的第二日，我们就在担心着鲁迅一家的安危。到了第三日，并且谣言更多了，说和鲁迅同住的他三弟巢峰（周建人）被敌宪兵殴伤了；但就在这一个下午，我却在四川路桥南，内山书店的一家分店的楼上，会到了鲁迅。

他那时也听到了这谣传了，并且还在报上看见了我寻他和其他几位住在北四川路的友人的启事。他在这兵荒马乱之间，也依然不消失他那种幽默的微笑；讲到巢峰被殴伤的那一段谣言的时候，还加上了许多我们所不曾听见过的新鲜资料，证明一般空闲人的喜欢造谣生事，乐祸幸灾。

在这中间，我们就开始了向全世界文化人呼吁，出刊物公布暴敌狞恶侵略者面目的工作，鲁迅当然也是签名者之一；他的实际参加联合抗敌的行动，和一班左翼作家的接近，实际上是从这一个时期开始的。

“一·二八”战事过后，他从景云里搬了出来，住在内山书店斜对面的一家大厦的三层楼上；租金比较地贵，生活方式也比较地奢侈，因而一般平时要想寻出一点弱点来攻击他的人，就又像是发掘得了至宝。

但他在那里住得也并不久，到了南京的秘密通缉令下来，上海的反动空气很浓厚的时候，他却搬上了内山书店的北面，新造好的大陆新村（四达里对面）的六十几号房屋去住了。在这里，一直住到了他去世的时候为止。

南京的秘密通缉令，列名者共有六十几个，多半与民权保障自由大同盟有关的文化人。而这通缉案的呈请者，却是在杭州的浙江省党部的诸先生。

说起杭州，鲁迅绝端地厌恶；这通缉案的呈请者们，原是使他厌恶的原因之一，而对于山水的爱好，别有见解，也是他厌恶杭州的一个原因。

有一年夏天，他曾同许钦文到杭州去玩过一次，但因湖上的闷热，蚊子的众多，饮水的不洁等关系，他在旅馆里一晚没有睡觉，第二天就逃回上海来了。自从这一回之后，他每听见人提起杭州，就要摇头。

后来，我搬到杭州去住的时候，也曾写过一首诗送我，头一句就是“钱王登遐仍如在”；这诗的意思，他曾同我说过，指的是杭州党政诸人的无理的高压。他从五代时的记录里，曾看到过钱武肃王的时候，浙江老百姓被压榨得连裤子都没有穿，不得不以砖瓦来遮盖下体。这事不知是出在哪一部书里，我到现在也还没有查到，但他的那句诗的原意，却就系此而言。我因不听他的忠告，终于搬到杭州去住了，结果竟不出他之所料，被一位党部的先生，弄得家破人亡；这一位吃党饭出身，积私财至数百万，曾经呈请南京中央党部通缉我们的先生，对我竟做出了比敌人对待我们老百姓还更凶恶的事情，而且还是在这一次的抗战军兴之后。我现在虽则已远离祖国，再也受不到他的奸淫残害的毒爪了；但现在仍还在执掌以礼义廉耻为信条的教育大权的这一位先生，听说近来因天高皇帝远，浑水好捞鱼之故，更加加重了他对老百姓的这一种远溢过钱武肃王的德政。

鲁迅不但对于杭州没有好感，就是对他出身地的绍兴，也似乎并没有什么依依不舍的怀恋。这可从有一次他的谈话里看得出来。是他在上海住下不久的时候，有一回我们谈起了前两天刚见过面的孙伏园。他问我伏园住在哪里，我说，他已经回绍兴去了，大约总不久就会出来的。鲁迅言下就笑着说："伏园的回绍兴，实在也很可观！"他的意思，当然是绍兴又凭什么值得这样地频频回去。

所以从他到上海之后，一直到他去世的时候为止，他只匆匆地上杭州去住了一夜，而绝没有回去过绍兴一次。

预言者每不为其故国所容，我于鲁迅更觉得这一句格言的确凿。各地党部的对待鲁迅，自从浙江党部发动了那大弹劾案之后，似乎态度都是一致的。抗战前一年的冬天，我路过厦门，当时有许多厦大同学曾来看我，谈后就说到了厦大门前，经过南普陀的那一条大道，他们想呈请市政府改名“鲁迅路”以资纪念。并且说，这事已经由鲁迅纪念会（主其事的是厦门星光日报社长胡资周及记者们与厦大学生代表等人）呈请过好几次了，但都被搁置着不批下来。我因为和当时的厦门市长及工务局长等都是朋友，所以就答应他们说这事一定可以办到。但后来去市长那里一查问，才知道又是党部在那里反对，绝对不准人们纪念鲁迅。这事情，后来我又同陈主席说了，陈主席当然是表示赞同的。可是，这事还没有办理完成，而抗战军兴，现在并且连厦门这一块土地，也已经沦陷了一年多了。

自从我搬到杭州去住下之后，和他见面的机会，就少了下去，但每一次我上上海去的中间，无论如何忙，我总抽出一点时间来去和他谈谈，或和他吃一次饭。

而上海的各书店，杂志编辑者，报馆之类，要想拉鲁迅的稿子的时候，也总是要我到上海去和鲁迅交涉的回数多，譬如，黎烈文初编《自由谈》的时候，我就和鲁迅说，我们一定要维持它，因为在中国最老不过的《申报》，也晓得要用新文学了，就是新文学的胜利。所以，鲁迅当时也很起劲，《伪自由书》、《花边文学》集里许多短稿，就是这时候的作品。在起初，他的稿子就是由我转交的。

此外，像良友书店，天马书店，以及生活出的《文学》杂志之类，对鲁迅的稿件，开头大抵都是由我为他们拉拢的。尤其是当鲁迅对编辑者们发脾气的时候。做好做歹，仍复替他们调停和解这一角色，总是由我来担当。所以，在杭州住下的两三年中，光是为了鲁迅之故，而跑上海的事情，前后总也有了好多次。

在他去世的前一年春天，我到了福建，和他见面的机会更加少了。但记得就在他作古的前两个月，我回上海，他曾告诉了我以他的病状，说医生说他的肺不对，他想于秋天到日本去疗养，问我也能够同去不能。我在那时候，也正在想去久别了的日本一次，看看他们最近的社会状态，所以也轻轻谈到了同去岚山看红叶的事。可是从此一别，就再没有和他作长谈的幸运了。

关于鲁迅的回忆，枝枝节节，另外也正还多着；可是他给我的信件之类，有许多已在搬回杭州去之先烧了，有几封在上海北新书局里存着，现在又没有日记在手头，所以就在这里，先暂搁笔，以后若有机会，或许再写也说不定。

怀四十岁的志摩

眼睛一眨，志摩去世，已经交五年了。在上海那一天阴晦的早晨的凶报，福煦路上遗宅里的仓皇颠倒的情形，以及其后灵柩的迎来，吊奠的开始，尸骨的争夺，和无理解的葬事的经营等情状，都还在我的目前，仿佛是今天早晨或昨天的事情。志摩落葬之后，我因为不愿意和那一位商人的老先生见面，一直到现在，还没有去墓前倾一杯酒，献一朵花；但推想起来，墓木纵不可拱，总也已经宿草盈阡了吧？志摩有灵，当能谅我这故意的疏懒！

综志摩的一生，除他在海外的几年不算外，自从中学入学起直到他的死后为止，我是他的命运的热烈的同情旁观者；当他死的时候，和许多朋友夹在一道，曾经含泪写过一篇极简略的短文，现在时间已经经过了五年，回想起来，觉得对他的余情还有许多郁蓄在我的胸中。仅仅一个空泛的友人，对他尚且如此，生前和他有更深的交谊的许多女友，伤感的程度自然可以不必说了，志摩真是一个淘气，讨爱，能使你永久不会忘怀的顽皮孩子！

称他作孩子，或者有人会说我卖老，其实我也不过是他的同年生，生日也许比他还后几日，不过他所给我的却是一个永也不会老去的新鲜活泼的孩儿的印象。

志摩生前，最为人所误解，而实际也许是催他速死的最大原因之一的一重性格，是他的那股不顾一切，带有激烈的燃烧性的热情。这热情一经激发，便不管天高地厚，人死我亡，势非至于将全宇宙都烧成赤地不可。发而为诗，就成就了他的五光十色，灿烂迷人的七宝楼台，使他的名字永留在中国的新诗史上。以之处世，毛病就出来了；他的对人对物的一身热恋，就使他失欢于父母，得罪于社会，甚而至于还不得不遗诟于死后。他和小曼的一段浓情，在他的诗里，日记里，书简里，随处都可以看得出来；若在进步的社会里，有理解的社会里，这一种事情，岂不是千古的美谈？忠厚柔艳如小曼，热烈诚挚若志摩，遇合在一道，自然要发放火花，烧成一片了，哪里还顾得到纲常伦教？更哪里还顾得到宗法家风？当这事情正在北京的交际社会里成话柄的时候，我就佩服志摩的纯真与小曼的勇敢，到了无以复加。记得有一次在来今雨轩吃饭的席上，曾有人问起我以对这事的意见，我就学了《三剑客》影片里的一句话回答他："假使我马上要死的话，在我死的前头，我就只想做一篇伟大的史诗，来颂美志摩和小曼。"

情热的人，当然是不能取悦于社会，周旋于家室，更或至于不善用这热情的；志摩在死的前几年的那一种穷状，那一种变迁，其罪不在小曼，不在小曼以外的他的许多男女友人，当然更不在志摩自身；实在是我们的社会，尤其是那一种借名教作商品的商人根性，因不理解他的缘故，终至于活生生地逼死了他。

志摩的死，原觉得可惜得很；人生的三四十前后——他死的时候是三十六岁——正是壮盛到绝顶的黄金时代。他若不死，到现在为止，五六年间，大约我们又可以多读到许多诗样的散文，诗样的小说，以及那一部未了的他的杰作——《诗人的一生》；可是一面，正因他的突然的死去，倒使这一部未完的杰作，更加多了深厚的回味之处却也是真的。所以在他去世的当时，就有人说，志摩死得恰好，因为诗人和美人一样，老了就不值钱了。况且他的这一种死法，又和罢伦，奢来[①]

① 罢伦，奢来：现通译作拜伦（1788—1824）、雪莱（1792—1822），英国诗人。

的死法一样，确是最适合他身分的死。若把这话拿来作自慰之辞，原也有几分真理含着，我却终觉得不是如此的；志摩原可以活下去，那一件事故的发生，虽说是偶然的结果，但我们若一追究他的所以不得不遭逢这惨事的原因，那我在前面说过的一句话，“是无理解的社会逼死了他”，就成立了。我们所处的社会，真是一个如何狭量，险恶，无情的社会！不是身处其境，身受其毒的人，是无从知道的。

过去的事情，已经过去了；我们在志摩的死后，再来替他打抱不平，也是徒劳的事情。所以这次当志摩四十岁的诞辰，我想最好还是做一点实际的工作来纪念他，较为适当；小曼已经有编纂他的全集的意思了，这原是纪念志摩的办法之一，此外像志摩文学奖金的设定，和他有关的公共机关里纪念碑胸像的建立，志摩图书馆的发起，以及志摩传记的编撰等等，也是都可以由我们后死的友人，来做的工作。可恨的是时势的混乱，当这一个国难的关头，要来提倡尊重诗人，是违背事理的；更可恨的是世情的浇薄，现在有些活着的友人，一旦钻营得了大位，尚且要排挤诋毁，诬陷压迫我们这些无权无势的文人，对于死者那更加可以不必说了。“侬今葬花人笑痴，他年葬侬知是谁？”悼吊志摩，或者也就是变相的自悼吧！

屐痕处处

秋天，无论在什么地方的秋天，总是好的；可是啊，北国的秋，却特别地来得清，来得静，来得悲凉。

钓台的春昼

因为近在咫尺，以为什么时候要去就可以去，我们对于本乡本土的名区胜景，反而往往没有机会去玩，或不容易下一个决心去玩的。正唯其是如此，我对于富春江上的严陵，二十年来，心里虽每在记着，但脚却从没有向这一方面走过。一九三一，岁在辛未，暮春三月，春服未成，而中央党帝，似乎又想玩一个秦始皇所玩过的把戏了，我接到了警告，就仓皇离去了寓居。先在江浙附近的穷乡里，游息了几天，偶尔看见了一家扫墓的行舟，乡愁一动，就定下了归计。绕了一个大弯，赶到故乡，却正好还在清明寒食的节前。和家人等去上了几处坟，与许久不曾见过面的亲戚朋友，来往热闹了几天，一种乡居的倦怠，忽而袭上心来了，于是乎我就决心上钓台去访一访严子陵的幽居。

钓台去桐庐县城二十余里，桐庐去富阳县治九十里不足，自富阳溯江而上，坐小火轮三小时可达桐庐，再上则须坐帆船了。

我去的那一天，记得是阴晴欲雨的养花天，并且系坐晚班轮去的，船到桐庐，已经是灯火微明的黄昏时候了，不得已就只得在码头近边的一家旅馆的高楼上借了一宵宿。

桐庐县城，大约有三里路长，三千多烟灶，一二万居民，地在富春江西北岸，从前是皖浙交通的要道，现在杭江铁路一开，似乎没有一二十年前的繁华热闹了。尤其要使旅客感到萧条的，却是桐君山脚下的那一队花船的失去了踪影。说起桐君山，原是桐庐县的一个接近城市的灵山胜地，山虽不高，但因有仙，自然是灵了。以形势来论，这桐君山，也的确是可以产生出许多口音生硬、别具风韵的桐严嫂来的生龙活脉；地处在桐溪东岸，正当桐溪和富春江合流之所，依依一水，西岸便瞰视着桐庐县市的人家烟树。南面对江，便是十里长洲；唐诗人方干的故居，就在这十里桐洲九里花的花田深处。向西越过桐庐县城，更遥遥对着一排高低不定的青峦，这就是富春山的山子山孙了。东北面山下，是一片桑麻沃地，有一条长蛇似的官道，隐而复现，出没盘曲在桃花杨柳洋槐榆树的中间；绕过一支小岭，便是富阳县的境界，大约去程明道的墓地程坟，总也不过一二十里地的间隔，我的去拜谒桐君，瞻仰道观，就在那一天到桐庐的晚上，是淡云微月，正在作雨的时候。

鱼梁渡头，因为夜渡无人，渡船停在东岸的桐君山下。我从旅馆踱了出来，先在离轮埠不远的渡口停立了几分钟，后来向一位来渡口洗夜饭米的年轻少妇，弓身请问了一回，才得到了渡江的秘诀。她说："你只须高喊两三声，船自会来的。"先谢了她教我的好意，然后以两手围成了播音的喇叭，"喂，喂，船渡请摇过来！"地纵声一喊，果然在半江的黑影当中，船身摇动了。渐摇渐近，五分钟后，我在渡口，却终于听出了咿呀柔橹的声音。时间似乎已经入了酉时的下刻，小市里的群动，这时候都已经静息；自从渡口的那位少妇，在微茫的夜色里，藏去了她那张白团团的面影之后，我独立在江边，不知不觉心里头却兀自感到了一种他乡日暮的悲哀。渡船到岸，船头上起了几声微微的水浪清音，又铜东地一响，我早已跳上了船，渡船也已经掉过头来了。坐在黑沉沉的舱里，我起先只在静听着柔橹划水的声音，然后却在黑影里看出了一星船家在吸着的长烟管头上的烟火，最后因为沉默压迫不过，我只好开口说话了："船家！你这样地渡我过去，该给你几个船钱？"我问。"随你先生把几个就是。"船家说话冗慢幽长，似乎已经带着些睡意了，我就向袋里摸出了两角钱来。"这两角钱，就算是我的渡船钱，请你候我一会，上去烧一次夜香，我是依旧要渡过江来的。”船家的回答，只是恩恩乌乌，幽幽同牛叫似的一种鼻音，然而从继这鼻音而起的两三声轻快的喀声听来，他却已经在感到满足了，因为我也知道，乡间的义渡，船钱最多也不过是两三枚铜子而已。

到了桐君山下，在山影和树影交掩着的崎岖道上，我上岸走不上几步，就被一块乱石拌倒，滑跌了一次。船家似乎也动了恻隐之心了，一句话也不发，跑将上来，他却突然交给了我一盒火柴。我于感谢了一番他的盛意之后，重整步武，再摸上山去，先是必须点一枝火柴走三五步路的，但到得半山，路既就了规律，而微云堆里的半规月色，也朦胧地现出一痕银线来了，所以手里还存着的半盒火柴，就被我藏入了袋里。路是从山的西北，盘曲而上；渐走渐高，半山一到，天也开朗了一点，桐庐县市上的灯光，也星星可数了。更纵目向江心望去，富春江两岸的船上和桐溪合流口停泊着的船尾船头，也看得出一点一点的火来。走过半山，桐君观里的晚祷钟鼓，似乎还没有息尽，耳朵里仿佛听见了几丝木鱼钲钹的残声。走上山顶，先在半途遇着了一道道观外围的女墙，这女墙的栅门，却已经掩上了。在栅门外徘徊了一刻，觉得已经到了此门而不进去，终于是不能满足我这一次暗夜冒险的好奇怪癖的。所以细想了几次，还是决心进去，非进去不可，轻轻用手往里面一推，栅门却呀的一声，早已退向了后方开开了，这门原来是虚掩在那里的。进了栅门，踏着为淡月所映照的石砌平路，向东向南地前走了五六十步，居然走到了道观的大门之外，这两扇朱红漆的大门，不消说是紧闭在那里的。到了此地，我却不想再破门进去了，因为这大门是朝南向着大江开的。门外头是一条一丈来宽的石砌步道，步道的一旁是道观的墙，一旁便是山坡，靠山坡的一面，并且还有一道二尺来高的石墙筑在那里，大约是代替栏杆，防人倾跌下山去的用意；石墙之上，铺的是二三尺宽的青石，在这似石栏又似石凳的墙上，尽可以坐卧游息，饱看桐江和对岸的风景，就是在这里坐它一晚，也很可以，我又何必去打开门来，惊起那些老道的噩梦呢？

空旷的天空里，流涨着的只是些灰白的云，云层缺处，原也看得出半角的天，和一点两点的星，但看起来最饶风趣的，却仍是欲藏还露，将见仍无的那半规月影。这时候江面上似乎起了风，云脚的迁移，更来得迅速了，而低头向江心一看，几多散乱着的船里的灯光，也忽明忽灭地变换了一变换位置。

这道观大门外的景色，真神奇极了。我当十几年前，在放浪的游程里，曾向瓜州京口一带，消磨过不少的时日；那时觉得果然名不虚传的，确是甘露寺外的江山，而现在到了桐庐，昏夜上这桐君山来一看，又觉得这江山的秀而且静，风景的整而不散，却非那天下第一江山的北固山所可与比拟的了。真也难怪得严子陵，难怪得戴徵士，倘使我若能在这样的地方结屋读书，以养天年，那还要什么的高官厚禄，还要什么的浮名虚誉哩？一个人在这桐君观前的石凳上，看看山，看看水，看看城中灯火和天上的星云，更做做浩无边际的无聊的幻梦，我竟忘记了时刻，忘记了自身，直等到隔江的击柝声传来，向西一看，忽而觉得城中的灯影微茫地减了，才跑也似的走下了山来，渡江奔回了客舍。

第二日侵晨，觉得昨天在桐君观前做过的残梦正还没有续完的时候，窗外面忽而传来了一阵吹角的声音。好梦虽被打破，但因这同吹筚篥似的商音哀咽，却很含着些荒凉的古意，并且晓风残月，杨柳岸边，也正好候船待发，上严陵去；所以心里纵怀着了些儿怨恨，但脸上却只现出了一痕微笑，起来梳洗更衣，叫茶房去雇船去。雇好了一只双桨的渔舟，买就了些酒菜鱼米，就在旅馆前面的码头上上了船。轻轻向江心摇出去的时候，东方的云幕中间，已现出了几丝红韵，有八点多钟了；舟师急得厉害，只在埋怨旅馆的茶房，为什么昨晚不预先告诉，好早一点出发。因为此去就是七里滩头，无风七里，有风七十里，上钓台去玩一趟回来，路程虽则有限，但这几日风雨无常，说不定要走夜路，才回来得了的。

过了桐庐，江心狭窄，浅滩果然多起来了。路上遇着的来往的行舟，数目也是很少，因为早晨吹的角，就是往建德去的快班船的信号，快班船一开，来往于两埠之间的船就不十分多了。两岸全是青青的山，中间是一条清浅的水，有时候过一个沙洲，洲上的桃花菜花，还有许多不晓得名字的白色的花，正在喧闹着春暮，吸引着蜂蝶。我在船头上一口一口地喝着严东关的药酒，指东话西地问着船家，这是什么山？那是什么港？惊叹了半天，称颂了半天，人也觉得倦了，不晓得什么时候，身子却走上了一家水边的酒楼，在和数年不见的几位已经做了党官的朋友高谈阔论。谈论之余，还背诵了一首两三年前曾在同一的情形之下做成的歪诗：

不是尊前爱惜身，佯狂难免假成真，
曾因酒醉鞭名马，生怕情多累美人。
劫数东南天作孽，鸡鸣风雨海扬尘，
悲歌痛哭终何补，义士纷纷说帝秦。

直到盛筵将散，我酒也不想再喝了，和几位朋友闹得心里各自难堪，连对旁边坐着的两位陪酒的名花都不愿意开口。正在这上下不得的苦闷关头，船家却大声地叫了起来说：

“先生，罗芷过了，钓台就在前面，你醒醒吧，好上山去烧饭吃去。”

擦擦眼睛，整了一整衣服，抬起头来一看，四面的水光山色又忽而变了样子了。清清的一条浅水，比前又窄了几分，四围的山包得格外地紧了，仿佛是前无去路的样子。并且山容峻削，看去觉得格外地瘦格外地高。向天上地下四围看看，只寂寂的看不见一个人类。双桨的摇响，到此似乎也不敢放肆了，钩的一声过后，要好半天才来一个幽幽的回响，静，静，静，身边水上，山下岩头，只沉浸着太古的静，死灭的静，山峡里连飞鸟的影子也看不见半只。前面的所谓钓台山上，只看得见两个大石垒，一间歪斜的亭子，许多纵横芜杂的草木。山腰里的那座祠堂，也只露着些废垣残瓦，屋上面连炊烟都没有一丝半缕，像是好久好久没人住了的样子。并且天气又来得阴森，早晨曾经露一露脸过的太阳，这时候早已深藏在云堆里了，余下来的只是时有时无从侧面吹来的阴飕飕的半箭儿山风。船靠了山脚，跟着前面背着酒菜鱼米的船夫，走上严先生祠堂去的时候，我心里真有点害怕，怕在这荒山里要遇见一个干枯苍老得同丝瓜筋似的严先生的鬼魂。

在祠堂西院的客厅里坐定，和严先生的不知第几代的裔孙谈了几句关于年岁水旱的话后，我的心跳，也渐渐儿地镇静下去了，嘱托了他以煮饭烧菜的杂务，我和船家就从断碑乱石中间爬上了钓台。

东西两石垒，高各有二三百尺，离江面约两里来远，东西台相去，只有一二百步，但其间却夹着一条深谷，立在东台，可以看得出罗芷的人家，回头展望来路，风景似乎散漫一点，而一上谢氏的西台，向西望去，则幽谷里的清景，却绝对地不像是在人间了。我虽则没有到过瑞士，但到了西台，朝西一看，立时就想起了曾在照片上看见过的威廉·退儿的祠堂。这四山的幽静，这江水的青蓝，简直同在画片上的珂罗版色彩，一色也没有两样；所不同的，就是在这儿的变化更多一点，周围的环境更芜杂不整齐一点而已，但这却是好处，这正是足以代表东方民族性的颓废荒凉的美。

从钓台下来，回到严先生的祠堂——记得这是洪杨以后严州知府戴槃重建的祠堂——西院里饱啖了一顿酒肉，我觉得有点酩酊微醉了。手拿着以火柴柄制成的牙签，走到东面供着严先生神像的龛前，向四面的破壁上一看，翠墨淋漓，题在那里的，竟多是些俗而不雅的过路高官的手笔。最后到了南面的一块白墙头上，在离屋檐不远的一角高处，却看到了我们的一位新近去世的同乡夏灵峰先生的四句似邵尧夫而又略带感慨的诗句。夏灵峰先生虽则只知崇古，不善处今，但是五十年来，像他那样的顽固自尊的亡清遗老，也的确是没有第二个人。比较起现在的那些官迷财迷的南满尚书和东洋宦婢来，他的经术言行，姑且不必去论它，就是以骨头来称称，我想也要比什么罗三郎郑太郎辈，重到好几百倍。慕贤的心一动，醺人的臭技自然是难熬了，堆起了几张桌椅，借得了一枝破笔，我也在高墙上在夏灵峰先生的脚后放上了一个陈屁，就是在船舱的梦里，也曾微吟过的那一首歪诗。

从墙头上跳将下来，又向龛前天井去走了一圈，觉得酒后的喉咙，有点渴痒了，所以就又走回到了西院，静坐着喝了两碗清茶。在这四大无声，只听见我自己的啾啾喝水的舌音冲击到那座破院的败壁上去的寂静中间，同惊雷似的一响，院后的竹园里却忽而飞出了一声闲长而又有节奏似的鸡啼的声来。同时在门外面歇着的船家，也走进了院门，高声地对我说：

“先生，我们回去吧，已经是吃点心的时候了，你不听见那只公鸡在后山啼吗？我们回去吧！”

一九三二年八月在上海写

杭州的八月

杭州的废历八月，也是一个极热闹的月份。自七月半起，就有桂花栗子上市了，一入八月，栗子更多，而满觉陇南高峰翁家山一带的桂花，更开得来香气醉人。八月之名桂月，要身入到满觉陇去过一次后，才领会得到这名字的相称。

除了这八月里的桂花，和中国一般的八月半的中秋佳节之外，在杭州还有一个八月十八的钱塘江的潮汛。

钱塘的秋潮，老早就有名了，传说就以为是吴王夫差杀伍子胥沉之于江，子胥不平，鬼在作怪之故。《论衡》里有一段文章，驳斥这事，说得很有理由：“儒书言，‘吴王夫差杀伍子胥，煮之于镬，盛于囊，投之于江，子胥恚恨，临水为涛，溺杀人。'夫言吴王杀伍子胥，投之于江，实也，言其恨恚，临水为涛者，虚也。且卫菹子路，而汉烹彭越，子胥勇猛，不过子路彭越，然二子不能发怒于鼎镬之中，子胥亦然，自先入鼎镬，后乃入江，在镬之时其神岂怯而勇于江水哉？何其怒气前后不相副也？"可是《论衡》的理由虽则充足，但传说的力量，究竟十分伟大，至今不但是钱塘江头，就是庐州城内淝河岸边，以及江苏福建等滨海傍湖之处，仍旧还看得见塑着白马素车的伍大夫庙。

钱塘江的潮，在古代一定比现时还要来得大。这从高僧传唐灵隐寺释宝达，诵咒咒之，江潮方不至激射湖上诸山的一点，以及南宋高宗看潮，只在江干候潮门外搭高台的一点看来，就可以明白。现在则非要东去海宁，或五堡八堡，才看得见银海潮头一线来了。这事情从阮元的《揅经室集·浙江图考》里，也可以看得到一些理由，而江身沙涨，总之是潮不远上的一个最大原因。

还有梁开平四年，钱武肃王为筑捍海塘，而命强弩数百射涛头，也只在候潮通江门外。至今海宁江边一带的铁牛镇铸，显然是师武肃王的遗意，后人造作的东西。（我记得铁牛铸成的年份，是在清顺治年间，牛身上印在那里的文字，还隐约辨得出来。）

沧桑的变革，实在厉害得很，可是杭州的住民，直到现在，在靠这一次秋潮而发点小财，做些买卖的，为数却还不少哩！

浙东景物纪略

方岩纪静

方岩在永康县东北五十里。自金华至永康的百余里，有公共汽车可坐，从永康至方岩就非坐轿或步行不可；我们去的那天，因为天阴欲雨，所以在永康下公共汽车后就都坐了轿子，向东前进。十五里过金山村，又十五里到芝英，是一大镇，居民约有千户，多应姓者；停轿少息，雨愈下愈大了，就买了些油纸之类，作防雨具。再行十余里，两旁就有起山来了，峰岩奇特，老树纵横，在微雨里望去，形状不一，轿夫一一指示说："这是公婆岩，那是老虎岩，……老鼠梯”等等，说了一大串，又数里，就到了岩下街，已经是在方岩的脚下了。

凡到过金华的人，总该有这样的一个经验，在旅馆里住下后，每会有些着青布长衫，文质彬彬的乡下先生，来盘问你：

“是否去方岩烧香的？这是第几次来进香了？从前住过哪一家？”

你若回答他说是第一次去方岩，那他就会拿出一张名片来，请你上方岩去后，到这一家去住宿。这些都是岩下街的房头，像旅店而又略异的接客者。远在数百里外，就有这些派出代理人来兜揽生意，一则也可以想见一年到头方岩香市之盛，一则也可以推想岩下街四五百家人家，竞争的激烈。

岩下街的所谓房头，经营旅店业而专靠胡公庙吃饭者，总有三五千人，大半系程、应二姓，文风极盛，财产也各可观，房子都系三层楼。大抵的情形，下层系建筑在谷里，中层沿街，上层为楼，房间一家总有三五十间，香市盛的时候，听说每家都患人满。香客之自绍兴、处州、杭州及近县来者，为数固已不少，最远者，且有自福建来的。

从岩下街起，曲折再行三五里，就上山；山上的石级是数不清的，密而且峻，盘旋环绕，要走一个钟头，才走得到胡公庙的峰门。

胡公名则，字子正，永康人，宋兵部侍郎，尝奏免衢、婺二州民丁钱，所以百姓感德，立庙祀之。胡公少时，曾在方岩读过书，故而庙在方岩者为老牌真货。且时显灵异，最著的，有下列数则：

宋徽宗时，寇略永康，乡民避寇于方岩，岩有千人坑，大藤悬挂，寇至缘藤而上，忽见赤蛇啮藤断，寇都坠死。

盗起清溪，盘踞方岩，首魁夜梦神饮马于岩之池，平明池涸，其徒惊溃。

洪杨事起，近乡近村多遭劫，独方岩得无恙。

民国三年，嵊县乡民，慕胡公之灵异，造庙祀之，乘昏夜来方岩盗胡公头去，欲以之造像，公梦示知事及近乡农民，属捉盗神像头者，盗尽就逮。是年冬间嵊县一乡大火，凡预闻盗公头者皆烧失。翌年八月该乡民又有二人来进香，各毙于路上。

类似这样的奇迹灵异，还数不胜数，所以一年四季，方岩香火不绝，而尤以春秋为盛，朝山进香者，络绎于四方数百里的途上。金华人之远旅他乡者，各就其地建胡公庙以祀公，虽然说是迷信，但感化威力的广大，实在也出乎我们的意料之外，这是就方岩的盛名所以能远播各地的一近因而说的话；至于我们的不远千里，必欲至方岩一看的原因，却在它的山水的幽静灵秀，完全与别种山峰不同的地方。

方岩附近的山，都是绝壁陡起，高二三百丈，面积周围三五里至六七里不等。而峰顶与峰脚，面积无大差异，形状或方或圆，绝似硕大的撑天圆柱。峰岩顶上，又都是平地，林木丛丛，簇生如发。峰的腰际，只是一层一层的沙石岩壁，可望而不可登。间有瀑布奔流，奇树突现，自朝至暮，因日光风雨之移易，形状景象，也千变万化，捉摸不定。山之伟观到此大约是可以说得已臻极顶了吧？

从前看中国画里的奇岩绝壁，皴法皱叠，苍劲雄伟到不可思议的地步，现在到了方岩，向各山略一举目，才知道南宗北派的画山点石，都还有未到之处。在学校里初学英文的时候，读到那一位美国清教作家何桑的《大石面》一篇短篇，颇生异想，身到方岩，方知年幼时的少见多怪，像那篇小说里所写的大石面，在这附近真不知有多多少少。我不曾到过埃及，不知沙漠中的Sphinx比起这些岩面来，又该是谁兄谁弟。尤其是天造地设，清幽岑寂到令人毛发悚然的一区境界，是方岩北面相去约二三里地的寿山下五峰书院所在的地方。

北面数峰，远近环拱，至西面而南偏，绝壁千丈，成了一条上突下缩的倒覆危墙。危墙腰下，离地约二三丈的地方，墙脚忽而不见，形成大洞，似巨怪之张口，口腔上下，都是石壁，五峰书院，丽泽祠，学易斋，就建筑在这巨口的上下腭之间，不施椽瓦，而风雨莫及，冬暖夏凉，而红尘不到。更奇峭者，就是这绝壁的忽而向东南的一折，递进而突起了固厚，瀑布、桃花、覆釜、鸡鸣的五个奇峰，峰峰都高大似方岩，而形状颜色，各不相同。立在五峰书院的楼上，只听得见四围飞瀑的清音，仰视天小，鸟飞不渡，对视五峰，青紫无言，向东展望，略见白云远树，浮漾在楔形阔处的空中。一种幽静、清新、伟大的感觉，自然而然地袭向人来；朱晦翁、吕东莱、陈龙川诸道学先生的必择此地来讲学，以及一般宋儒的每喜利用山洞或风景幽丽的地方作讲堂，推其本意，大约总也在想借了自然的威力来压制人欲的缘故，不看金华的山水，这种宋儒的苦心是猜不出来的。

初到方岩的一天，就在微雨里游尽了这五峰书院的周围，与胡公庙的全部。庙在岩顶，规模颇大，前前后后，也有两条街，许多房头，在蒙胡公的福荫；一人成佛，鸡犬都仙，原是中国的旧例。胡公神像，是一位赤面长须的柔和长者，前殿后殿，各有一尊，相貌装饰，两都一样，大约一尊是预备着于出会时用的。我们去的那日，大约刚逢着了废历的十月初一，庙中前殿戏台上在演社戏敬神。台前簇拥着许多老幼男女，各流着些被感动了的随喜之泪，而戏中的情节说辞，我们竟一点儿也不懂；问问立在我们身旁的一位像本地出身，能说普通话的中老绅士，方知戏班是本地班，所演的为《杀狗劝妻》一类的孝义杂剧。

从胡公庙下山，回到了宿处的程××店中，则客堂上早已经点起了两枝大红烛，摆上了许多大肉大鸡的酒菜，在候我们吃晚饭了；菜蔬丰盛到了极点，但无鱼少海味，所以味也不甚适口。

第二天破晓起来，仍坐原轿绕灵岩的福善寺回永康，路上的风景，也很清异。

第一，灵岩也系同方岩一样的一枝突起的奇峰，峰的半空，有一穿心大洞，长约二三十丈，广可五六丈左右，所谓福善寺者，就系建筑在这大山洞里的。我们由东首上山进洞的后面，通过一条从洞里隔出来的长弄，出南面洞口而至寺内，居然也有天王殿、韦驮殿、观音堂等设置，山洞的大，也可想见了。南面四山环抱，红叶青枝，照耀得可爱之至；因为天晴了，所以空气澄鲜，一道下山去的曲折石级，自上面了望下去，更觉得幽深到不能见底。

下灵岩后，向西北地绕道回去，一路上尽是些低昂的山岭与旋绕的清溪。经过园内有两株数百年古柏的周氏祠庙，将至俗名耳朵岭的五木岭口的中间，一段溪光山影，景色真像是在画里；西南处州各地的远山，呼之欲来，回头四望，清入肺腑。

过五木岭，就是一大平原，北山隐隐，已经看得见横空的一线，十五里到永康，坐公共汽车回金华，还是午后三四点钟的光景。

烂柯纪梦

晋王质，伐木至石室中，见童子四人弹琴而歌，质因倚柯听之。童子以一物如枣核与质，质含之便不复饥。俄顷，童子曰："其归！"承声而去，斧柯摧然烂尽。既归，质去家已数十年，亲情凋落，无复向时比矣。

这传说，小时候就听到了，大约总是喜欢念佛的老祖母讲给我们孩子听的神仙故事。和这故事联合在一起的，还有一张习字的时候用的方格红字，叫作"王子去求仙，丹成入九天，山中方七日，世上已千年"。我的所以要把这些儿时的记忆，重新唤起的原因，不过想说一句这故事的普遍流传而已。是以樵子入山，看神仙对弈，斧柯烂尽的事情，各处深山里都可以插得进去，也真怪不得中国各地，有烂柯的遗迹至十余处之多了。但衢州的烂柯山，却是《道书》上所说的"青霞第八洞天"，亦名"景华洞天"的所在，是大家所公认的这烂柯故事的发源本土，也是从金华来衢州游历的人非到不可的地方，故而到衢州的翌日，我们就出发去游柯山（衢州人叫烂柯山都只称柯山）。

十月阳和，本来就是小春的天气，可是我们到烂柯山的那天，觉得比平时的十月，还更加和暖了几分。所以从衢州的小南门出来，打桑树柏树很多的田野里经过，一路上看山看水，走了十六七里路后，在仙寿亭前渡沙步溪，一直到了石桥寺即宝岩寺的脚下，向寺后山上一个通天的大洞看了一眼的时候，方才同从梦里醒转来的人一样，整了一整精神。烂柯山的这一根石梁，实在是伟大，实在是奇怪。

出衢州的南门的时候，眼面前只看得出一排隐隐的青山而已；南门外的桑麻野道，野道旁的池沼清溪，以及牛羊村集，草舍蔗田，风景虽则清丽，但也并不觉得特别地好。可是在仙寿亭前过渡的瞬间，一看那一条澄清澈底的同大江般的溪水，心里已经有点发痒似的想叫起来了，殊不知入山三里，在青葱环绕着的极深奥的区中，更来了这巨人撑足直立似的一个大洞；立在山下，远远望去，就可以从这巨人的胯下，看出后面的一湾碧绿碧绿的青天，云烟缥缈，山意悠闲，清通灵秀，只觉得是身到了别一个天地；一个在城市里住久的俗人，忽入此境，哪能够叫他不目瞪口呆，暗暗里要想到成仙成佛的事情上去呢？

石桥寺，即宝岩寺，在烂柯山的南麓，虽说是梁时创建的古刹，但建筑却已经摧毁得不得了了。寺后上山，踏石级走里把路，就可以到那条石梁或石桥的洞下；洞高二十多丈，宽三十余丈，南北的深约三五丈，真像是悬空从山间凿出来的一条石桥，不过平常的桥梁，决没有这样高大的桥洞而已。石桥的上面，仍旧是层层的岩石，洞上一层，也有中空的一条石缝，爬上去俯身一看，是可以看得出天来的，所谓一线天者，就系指这一条小缝而言。再上去，是石桥的顶上，平坦可以建屋，从前有一个塔，造在这最高峰上，现在却只能看出一堆高高突起的瓦砾，塔是早已倾圮尽了。

石桥下南洞口，有一块圆形岩石蹲伏在那里，石的右旁的一个八角亭，就是所谓迟日亭。这亭的高度，总也有三五丈的样子，但你若跑上北面离柯山略远的小山顶上去了望过来，只觉得是一堆小小的木堆，塞在洞的旁边。石桥洞底壁上，右手刻着明郡守杨子臣写的“烂柯仙洞”四个大字，左手刻着明郡守李遂写的“天生石梁”四个大字，此外还有许多小字的题名记载的石刻，都因为沙石岩容易风化的缘故，已经剥落得看不清楚了。石桥洞下，有十余块断碑残碣，纵横堆叠在那里。三块宋碑的断片，字迹飞舞雄伟，比黄山谷更加有劲。可惜中国人变乱太多，私心太重，这些旧迹名碑，都已经断残缺裂到了不可收拾的地步。《烂柯山志》编者，在金石部下有一段记事说：

> 名碑古物之毁于兵燹，宜也；但烂柯山之金石，不幸竟三次被毁于文人，岂非怪事？所谓文人的毁碑，有两次是因建寺而将这些石碑抬了去填过屋基，有一次系一不知姓名者来寺拓碑，拓后便私自将那些较古的碑石凿断敲裂，使后人不复有再见一次的机会。

烂柯山南麓，在上山去的石级旁边，还有许多翁仲石马，乱倒在荒榛漫草之中。翻《烂柯山志》一查，才知道明四川巡抚徐忠烈公，葬在此地，俗称徐天官墓者，就是此处。

在柯山寺的前前后后，赏玩了两三个钟头，更在寺里吃了一顿午饭，我们就又在暖日之下，和做梦似的回到了衢州，因为衢州城里还有几处地方，非去看一下不可。

一是在豆腐铺作场后面的那座天王塔。

二是城东北隅吴征虏将军郑公舍宅而建的那个古刹祥符寺。

三是孔子家庙，及庙内所藏的子贡手刻的楷木孔子及夫人丌官氏像。

这三处当然是以孔庙和楷木孔子像最为一般人所知道，数千年来的国宝，实在是不容易见到的希世奇珍。

陪我们去孔庙的，是三衢医院的院长孔熊瑞先生，系孔子第七十三代的裔孙。楷木像藏在孔庙西首的一间楼上；像各高尺余，孔子是朝服执圭的一个坐像，丌官夫人的也是一样的一个，但手中无圭。两像颜色苍黑，刻划遒劲，决不是近代人的刀势。据孔先生告诉我们的话，则这两像素来就说是出于端木子贡之手刻，宋南渡时由衍圣公孔端友抱负来衢，供在家庙的思鲁阁上；即以来衢州后的年限来说，也已经有八九百年的历史了。孔子像的面貌，同一般的画像并不相同，两眼及鼻子很大，颧骨不十分高，须分三挂，下垂及拱起的手际，耳朵也比常人大一点儿。孔子的一个圭，一挂须，及一只耳朵，已经损坏了，现在的系后人补刻嵌入的，刀法和刻纹，与原刻的一比，显见得后人的笔势来得软弱。

孔庙正中殿上，尚有孔子塑像一尊，东西两庑，各有迁衢始祖衍圣公孔端友等的塑像数尊，西首思鲁阁下，还有石刻吴道子画的孔子像碑一块；一座家庙，形式格局，完全是圣庙的大成至圣先师之殿。我虽则还不曾到过曲阜，但在这衢州的孔庙内巡视了一下，闭上眼睛，那座圣地的殿堂，仿佛也可以想象得出来了。

衢州西安门外，新河沿下的浮桥边，原也有江干的花市在的，但比到兰溪的江山船，要逊色得多，所以不纪。

仙霞纪险

从衢州南下，一路上迎送着的有不断的青山，更超过几条水色蓝碧的江身，经一大平原，过双塔地，到一区四山围抱的江城，就是江山县了。

江山是以三片石的江郎山出名的地方，南越仙霞关，直通闽粤，西去玉山，便是江西；所谓七省通衢，江山实在是第一个紧要的边境。世乱年荒，这江山县人民的提心吊胆，打草惊蛇的状况，也可以想见的了；我们南来，也不过想见识见识仙霞关的险峻，至于采风访俗，玩水游山，在这一个年头，却是不许轻易去尝试的雅事，所以到江山的第二日一早，我们就急急地雇了一辆汽车，驰往仙霞关去。

在南门外的汽车站上车，三里就到俗名东岳山，有一块老虎岩，并一座明嘉靖年间建置的塔在的景星山下；南行二十里，远远望得见冲天的三块巨岩江郎山，或合或离，在东面的群山中跳跃；再去是淤头，是峡口，是仙霞岭的区域了，去江山虽有八九十里路程，但汽车走走，也只走了两三个钟头的样子。

仙霞岭的面貌，实在是雄奇伟大得很！老远看来，就是那么高那么大的这排百里来长的仙霞山脉，近来一看，更觉得是不见天日了。东西南的三面，弯里有弯，山上有山；奇峰怪石，老树长藤，不计其数；而最曲折不尽，令人方向都分辨不出来的，是新从关外二十八都筑起，沿龙溪、化龙溪两支深山中的大水而行的那条通江山的汽车公路。

五步一转弯，三步一上岭，一面是流泉涡旋的深坑万丈，一面又是鸟飞不到的绝壁千寻。转一个弯，变一番景色，上一条岭，辟一个天地，上上下下，去去回回，我们在仙霞山中，龙溪岸上，自北去南，因为要绕过仙霞关去，汽车足足走了有一个多钟头的山路。山的高，水的深，与夫弯的多，路的险，不折不扣地说将出来，比杭州的九溪十八涧，起码总要超过三百多倍。要看山水的曲折，要试车路的崎岖，要将性命和运命去拼拼，想尝一尝生死关头，千钧一发的冒险异味的人，仙霞岭不可不到，尤其是从仙霞关北麓绕路出关，上关南二十八都去的这一条新辟的汽车公路，不可不去一走。车到关南，行经小竿岭的那个隘口，近瞰二十八都谷底里的人家，远望浦城枫岭诸峰的青影的时候，我真感到了一种一则以喜一则以惧的说不出的心理；喜的是关后许多险隘，已经被我走过了，惧的是直望山脚的目的地二十八都，虽然是只离开了一程抛石的空间，但山坡陡削，直冲下去，总也还有二三千尺的高度。这时候回头来看看仙霞关，一条石级铺得像蛇腹似的曩时的鸟道，却早已高高隐没在云雾与树木的中间了。

从小竿岭的隘口下来，盘旋回绕，再走了三四十分钟头，到仙霞关外第一口的二十八都去一看，忽然间大家的身上又起了一层鸡皮的细粒。

太阳分明是高照在那里，天色当然是苍苍的，高大的人家的住屋，也一层一层地排列着在，但是人哩，活的生动着的人哩，人都到哪里去了呢？

许许多多的很整齐的人家，窗户都是掩着的，门却是半开半闭，或者竟全无地空空洞洞同死鲈鱼的口嘴似的张开在那里。踏进去一看，地下只散乱铺着有许多稻草。脚步声在空屋里反射出来的那一种响声，自己听了也要害怕。忽而索落落屋角的黑暗处稻草一动，偶尔也会立起一个人来，但只光着眼睛，向你上下一打量，他就悄悄地避开了。你若追上去问他一句话呢，他只很勉强地站立下来，对你又是光着眼睛的一番打量，摇摇头，露一脸阴风惨惨的苦笑，就又走了，回话是一句也不说的。

我们照这样地搜寻空屋，搜寻了好几处，才找到了一所基干队驻扎在那里的处所。守卫的兵士，对我们起初当然也是很含有疑惧的一番打量，听了我们的许多说明之后，他才开口说："昨晚上又有谣言。居民是自从去年九月以来，早就搬走了。在这里要吃一顿饭，是很不容易，因为豆腐青菜都没有人做，但今天早晨，队长是已经接到了江山胡站长的信，饭大约总在预备了吧？"说了，就请我们上大厅去歇息。我们看到了这一种情形，听到了那一番话，食欲早就被恐怖打倒了，所以道了一声队长万福，跳上车子，转身就走。

重回到小竿岭的那个隘口的时候，几刻钟前曾经盘问我们过，幸亏有了陈万里先生的那个徽章证明，才安然放我们过去的那位捧大刀的守卫兵，却笑着对我们说："你们就回去了吗？"回来一过此口，已经入了安全地带，我们的胆子也大起来了，就在龙溪边上，一处叫作大坞的溪桥旁边下了车，打算爬上山去，亲眼去看一看那座也可以说是一夫当关，万夫莫开，宋史浩方把石路铺起来的仙霞关口。一面，叫空车子仍遵原路，绕到仙霞关北相去五里的保安村去等候我们，好让我们由关南上岭，关北下山，一路上看看风景。

据书上的记载，则仙霞岭高三百六十级，凡二十四曲，有五关，×十峰等等，我们因为是从半腰里上去的，所以所走的只是关门所在的那一段。

仙霞关，前前后后，有四个关门。第二关的边上，将近顶边的地方，有一座新筑的碉楼在那里，据陪我们去游的胡站长说，江山近旁，共有碉楼四十余处，是新近才筑起来的，但汽车路一开，这些碉楼，这座雄关，将来怕都要变成些虚有其名的古迹了。

仙霞关内岭顶，有一座霞岭亭，亭旁住着一家人家，从前大约是守关官吏的住所，现在却只剩了一位老人，在那里卖茶给过路的行人。

北面出关，下岭里许，是一个关帝庙。规模很大，有观音阁、浣霞池亭等建筑，大约从前的闽浙官吏来往，总是在这庙内寄宿的无疑。现在东面浣霞池的亭上，还有许多周亮工的过关诗，以及清初诸名宦的唱和诗碣，嵌在石壁的中间。

在关帝庙里喝了一碗茶，买了些有名的仙霞关的绿茶茶叶，晚霞已经围住了山腰，我们的手上脸上都感觉得有点潮润起来了，大家就不约而同地叫了出来说：

"啊！原来这些就是仙霞！不到此地，可真不晓得这关名之妙喂！"

下岭过溪，走到溪旁的保安村里，坐上车子，再探头出来看了一眼曾经我们走过的山岭，这座东南的雄镇，却早已羞羞怯怯，躲入到一片白茫茫的仙霞怀里去了。

冰川纪秀

冰川是玉山东南门外环城的一条大溪，我们上玉山到这溪边的时候，因为杭江铁路车尚未通，是由江山坐汽车绕广丰，直驱了二三百里的长路，好容易才走到的。到了冰溪的南岸来一看，在衢州见了颜色两样的城墙时所感到的那种异样的，紧张的空气，更是迫切了；走下汽车，对手执大刀，在浮桥边检查行人的兵士们偷抛了几眼斜视，我们就只好决定不进城去，但在冰川旁边走走，马上再坐原车回去江山。

玉山城外是由这一条天生的城河冰溪环抱在那里的，东南半角却有着好几处雁齿似的浮桥。浮桥的脚上，手捧着明晃晃的大刀，肩负着黄苍苍的马枪，在那里检查入城证、良民证的兵士，看起来相貌都觉得是很可怕。

从冰川第一楼下绕过，沿堤走向东南，一块大空地，一个大森林，就是郭家洲了。武安山障在南边，普宁寺、鹤岭寺接在东首。单就这一角的风景来说，有山有水，还有水车，磨房，渔梁，石堋，水闸，长堤，凡中国画或水彩画里所用得着的各种点景的品物，都已经齐备了；在这样小的一个背景里，能具备着这么些个秀丽的点缀品的地方，我觉得行尽了江浙的两地，也是很不多见的。而尤其是出乎我们的意料之外的，是郭家洲这一个三角洲上的那些树林的疏散的逸韵。

郭家洲，从前大约也是冰溪的流水所经过的地方，但时移势易，沧海现在竟变作了桑田了；那一排疏疏落落的杂树林，同外国古宫旧堡的画上所有的那样的那排大树，少算算，大约总也已经有了百数岁的年纪。

这一次在漫游浙东的途中，看见的山也真不少了，但每次总觉得有点美中不足的，是树木的稀少；不意一跨入了这江西的境界，就近在县城的旁边，居然竟能够看到了这一个自然形成的像公园似的大杂树林！

城里既然进不去，爬山又恐怕没有时间，并且离县城向西向北十来里地的境界，去走就有点儿危险，万不得已，自然只好横过郭家洲，上鹤岭寺山上的那一个北面的空亭，去遥想玉山的城市了。

玉山城里的人家，实在整洁得很。沿城河的一排住宅，窗明几净，倒影溪中，远看好像是威尼斯市里的通衢。太阳斜了，城里头起了炊烟，水上的微波，也渐渐地渐渐地带上了红影。西北的高山一带，有一个尖峰突起，活像是倒插的笔尖，大约是怀玉山了吧？

这一回沿杭江铁路西南直下，千里的游程，到玉山城外终止了。“冰为溪水玉为山！”坐上了向原路回来的汽车，我念着戴叔伦的这一句现成的诗句，觉得这一次旅行的煞尾，倒很有点儿像德国浪漫派诗人的小说。

一九三三年十二月稿

西溪的晴雨

西北风未起，蟹也不曾肥，我原晓得芦花总还没有白，前两星期，源宁来看了西湖，说他倒觉得有点失望，因为湖光山色，太整齐，太小巧，不够味儿，他开来的一张节目上，原有西溪的一项；恰巧第二天又下了微雨，秋原和我就主张微雨里下西溪，好叫源宁去尝一尝这西湖近旁的野趣。

天色是阴阴漠漠的一层，湿风吹来，有点儿冷，也有点儿香，香的是野草花的气息。车过方井旁边，自然又下车来，去看了一下那座天主圣教修士们的古墓。从墓门望进去，只是黑沉沉、冷冰冰的一个大洞，什么也看不见，鼻子里却闻吸到了一种霉灰的阴气。

把鼻子掀了两掀，耸了一耸肩膀，大家都说，可惜忘记带了电筒，但在下意识里，自然也有一种恐怖、不安和畏缩的心意，在那里作恶，直到了花坞的溪旁，走进窗明几净的静莲庵（?）堂去坐下，喝了两碗清茶，这一些鬼胎，方才洗涤了个空空脱脱。

游西溪，本来是以松木场下船，带了酒盒行厨，慢慢儿地向西摇去为正宗。像我们那么高坐了汽车，飞鸣而过古荡、东岳，一个钟头要走百来里路的旅客，终于是难度的俗物，但是俗物也有俗益，你若坐在汽车里，引颈而向西向北一望，直到湖州，只见一派空明，遥盖在淡绿成阴的斜平海上；这中间不见水，不见山，当然也不见人，只是渺渺茫茫，青青绿绿，远无岸，近亦无田园村落的一个大斜坡，过秦亭山后，一直到留下为止的那一条沿山大道上的景色，好处就在这里，尤其是当微雨朦胧，江南草长的春或秋的半中间。

从留下下船，回环曲折，一路向西向北，只在芦花浅水里打圈圈；圆桥茅舍，桑树蓼花，是本地的风光，还不足道；最古怪的，是剩在背后的一带湖上的青山，不知不觉，忽而又会得移上你的面前来，和你点一点头，又匆匆地别了。

摇船的少女，也总好算是西溪的一景；一个站在船尾把摇橹，一个坐在船头上使桨，身体一伸一俯，一往一来，和橹声的咿呀，水波的起落，凑合成一大又圆又曲的进行软调；游人到此，自然会想起瘦西湖边，竹西歌吹的闲情，而源宁昨天在漪园月下老人祠里求得的那枝灵签，仿佛是完全地应了，签诗的语文，是《鄘风·桑中》章末后的三句，叫做“期我乎桑中，要我乎上宫，送我乎淇之上矣”。

此后便到了交芦庵，上了弹指楼，因为是在雨里，带水拖泥，终于也感不到什么的大趣，但这一天向晚回来，在湖滨酒楼上放谈之下，源宁却一本正经地说：“今天的西溪，却比昨日的西湖，要好三倍。”

前天星期假日，日暖风和，并且在报上也曾看到了芦花怒放的消息，午后日斜，老龙夫妇，又来约去西溪，去的时候，太晚了一点，所以只在秋雪庵的弹指楼上，消磨了半日之半。一片斜阳，反照在芦花浅渚的高头，花也并未怒放，树叶也不曾凋落，原不见秋，更不见雪，只是一味地晴明浩荡，飘飘然，浑浑然，洞贯了我们的肠腑，老僧无相，烧了面，泡了茶，更送来了酒，末后还拿出了纸和墨，我们看看日影下的北高峰，看看庵旁边的芦花荡，就问无相，花要几时才能全白。老僧操着缓慢的楚国口音，微笑着说：“总要到阴历十月的中间；若有月亮，更为出色。”说后，还提出了一个交换的条件，要我们到那时候，再去一玩，他当预备些精馔相待，聊当作润笔，可是今天的字，却非写不可，老龙写了“一剑横飞破六合，万家憔悴哭三吴”的十四个字，我也附和着抄了一副不知在哪里见过的联语："春梦有时来枕畔，夕阳依旧上帘钩。"

喝得酒醉醺醺，走下楼来，小河里起了晚烟，船中间满载了黑暗，龙妇又逸兴遄飞，不知上哪里去摸出了一枝洞箫来吹着。"其声呜呜然，如怨如慕，如泣如诉，余音袅袅，不绝如缕"，倒真有点像是七月既望，和东坡在赤壁的夜游。

一九三五年十月二十二日

苏州烟雨记

一

悠悠的碧落，一天一天地高远起来。清凉的早晚，觉得天寒袖薄，要缝件夹衣，更换单衫。楼头思妇，见了鹅黄的柳色，牵情望远，在绸衾的梦里，每欲奔赴玉门关外去。当这时候，我们若走出户外天空下去，老觉得好像有一件什么重大的物事，被我们忘了似的。可不是么？三伏的暑热，被我们忘掉了哟！

在都市的沉浊的空气中栖息的裸虫！在利欲的争场上吸血的战士！年年岁岁，不知四季的变迁，同鼹鼠似的埋伏在软红尘里的男男女女！你们想发见你们的灵性不想？你们有没有向上更新的念头？你们若欲上空旷的地方，去呼一口自由的空气，一则可以醒醒你们醉生梦死的头脑，二则可以看看那些就快凋谢的青枝绿叶，豫藏一个来春再见之机，那么请你们跟了我来，Und ich， ich Schnuere Den Sack and wandere，我要去寻访伍子胥吹箫乞食之乡，展拜秦始皇求剑凿穿之墓，并想看看那有名的姑苏台苑哩！

“象以齿毙，膏用明煎”，为人切不可有所专好，因为一有了嗜癖，就不得不为所累。我闲居沪上，半年来既无职业，也无忙事，本来只须有几个买路钱，便是天南地北，也可以悠然独往的，然而实际上却是不然。因为自去年同几个同趣味的朋友，弄了几种我们所爱的文艺刊物出来之后，愚蠢的我们，就不得不天天服海儿克儿斯（Hercules）[①]的苦役了，所以九月三日的早晨，决定和友人沈君，乘车上苏州去的时候，我还因有一篇文字没有交出之故，心里只在怦怦地跳动。

那一天（九月三日）也算是一天清秋的好天气。天上虽没有太阳，然而几块淡青的空处，和西洋女子的碧眼一般，在白云浮荡的中间，常在向我们地上的可怜虫密送秋波。不

---

① 海儿克儿斯：现通译作赫拉克勒斯，古希腊神话中的大力神，为宙斯之子。

是雨天，不是晴日，若硬要把这一天的天气分出类来，我不管气象台的先生们笑我不笑我，姑且把它叫风云飞舞，阴晴交让的初秋的一日吧。

这一天的早晨，同乡的沈君，跑上我的寓所来说：

“今天我要上苏州去。”

我从我的屋顶下的房里，看看窗外的天空，听听市上的杂噪，忽而也起了一种怀慕远处之情（Sehnsucht nach der Ferne）。九点四十分的时候，我和沈君就摇来摇去地站在三等车中，被机关车搬向苏州去了。

“仙侣同舟！”古人每当行旅的时候，老在心中窃望着这一种艳福。我想人既是动物，无论男女，欲念总不能除，而我既是男人，女人当然是爱的。这一回我和沈君匆促上车，初不料的车上的人是那样拥挤的，后来从后面走上了前面，忽在人丛中听出了一种清脆的笑声来。“明眸皓齿的你们这几位女青年，你们可是上苏州去的么？”我见了她们的那一种活泼的样子，真想开口问她们一声，但是三千年的道德观，和见人就生恐惧的我的自卑狂，只使我红了脸，默默地站在她们身边，不过暗暗地闻吸闻吸从她们发上身上口中蒸发出来的香气罢了。我把她们偷看了几眼，心里又长叹了一声：

“啊啊！容颜要美，年纪要轻，更要有钱！”

二

我们同车的几个“仙侣”，好像是什么女学校的学生。她们的活泼的样子——使恶魔讲起来就是轻佻——丰肥的肉体——使恶魔讲起来就是多淫——和烂熟的青春，都是神仙应有的条件，但是只有一件，只有一件事情，使我无论如何也不能把她们当作神仙的眷属看。非但如此，为这一件事情的原故，我简直不能把她们当作我的同胞看。这是什么呢？这便是她们故意想出风头而用的英文的谈话。假使我是不懂英文的人，那么从她们的绯红的嘴唇里滚出来的叽哩咕噜，正可以当作天女的灵言听了，倒能够对她们更加一层敬意。假使我是崇拜英文的人，那么听了她们的话，也可以感得几分亲热。但是我偏偏是一个程度与她们相仿的半通英文而又轻视英文的人，所以我的对她们的热意，被她们的谈话一吹几乎吹得冰冷了。世界上的人类，抱着功利主义，受利欲的催眠最深的，我想没有过于英美民族的了。但我们的这几位女同胞，不用《西厢》、《牡丹亭》上的说白来表现她们的思想，不把《红楼梦》上言文一致的文字来代替她们的说话，偏偏要选了商人用的这一种有金钱臭味的英语来卖弄风情，是多么杀风景的事情啊！你们即使要用外国文，也应选择那神韵悠扬的法国语，或者更适当一点的就该用半清半俗，薄爱民语（La Langue des Bohemiens），何以要用这卑俗的英语呢？啊啊，当现在崇拜黄金的世界，也无怪某某女学等卒业出来的学生，不愿为正当的中国人的糟糠之室，而愿意自荐枕席于那些犹太种的英美的下流商人的。我的朋友有一次说："我们中国亡了，倒没有什么可惜，我们中国的女性亡了，却是很可惜的。现在在洋场上作寓公的有钱有势的中国的人物，尤其是外交商界政界的人物，他们的妻女，差不多没有一个不失身于外国的下流流氓的，你看这事伤心不伤心哩！"我是两性问题上的一个国粹保存主义者，最不忍见我国的娇美的女同胞，被那些外国流氓去足践。我的在外国留学时代的游荡，也是本于这主义的一种复仇的心思。我现在若有黄金千万，还想去买些白奴来，供我们中国的黄包车夫苦力小工享乐啦！

唉唉！风吹水绉，干侬底事，她们在那里贱卖血肉，于我何尤。我且探头出去看车窗外的茂茂的原田，青青的草地，和清溪茅舍，丛林旷地吧！

"啊啊，那一道隐隐的飞帆，这大约是苏州河吧！"

我看了那一条深碧的长河，长河彼岸的粘天的短树，和河内的帆船，就叫着问我的同行者沈君，他还没有回答我之先，立在我背后的一位老先生却回答说：

"是的，那是苏州河，你看隐约的中间，不是有一条长堤看得见么！没有这一条堤，风势很大，是不便行舟的。"

我注目一看，果真在河中看出了一条隐约的长堤来。这时候，在东面车窗下坐着的旅客，都纷纷站起来望向窗外去。我把头朝转来一望，也看见了一个汪洋的湖面，起了无数的清波，在那里汹涌。天上黑云遮满了，所以湖面也只似用淡墨涂成的样子。湖的东岸，也有一排矮树，同凸出的雕刻似的，以阴沉灰黑的天空作了背景，在那里作苦闷之状。我不晓是什么理由，硬想把这一排沿湖的列树，断定是白杨之林。

三

车过了阳澄湖，同车的旅客，大家不向车的左右看而注意到车的前面去，我知道苏州就不远了。等苏州城内的一枝尖塔看得出来的时候，几位女学生，也停住了她们的黄金色的英语，说了几句中国话。

“苏州到了！”

“可惜我们不能下去！”

“But we will come in the winter.”

她们操的并不是柔媚的苏州音，大约是南京的学生吧？也许是上北京去的，但是我知道了她们不能同我一道下车，心里却起了一种微微的失望。

“女学生诸君，愿你们自重，愿你们能得着几位金龟佳婿，我要下车去了。”

心里这样地讲了几句，我等着车停之后，就顺着了下车的人流，也被他们推来推去地推下了车。

出了车站，马路上站了一忽，我只觉得许多穿长衫的人，路的两旁停着的黄包车，马车，车夫和驴马，都在灰色的空气里混战。跑来跑去的人的叫唤，一个钱两个钱的争执，萧条的道旁的杨柳，黄黄的马路，和在远处看得出来的一道长而且矮的土墙，便是我下车在苏州得着的最初的印象。

湿云低垂下来了。在上海动身时候看得见的几块青淡的天空也被灰色的层云埋没煞了。我仰起头来向天空一望，脸上早接受了两三点冰冷的雨点。

“危险危险，今天的一场冒险，怕要失败。”

我对在旁边站着的沈君这样讲了一句，就急忙招了几个马车夫来问他们的价钱。

我的脚踏苏州的土地，这原是第一次。沈君虽已来过一二回，但是那还是前清太平时节的故事，他的记忆也很模糊了。并且我这一回来，本来是随人热闹，偶尔发作的一种变态旅行，既无作用，又无目的的，所以马夫问我“上哪里去?”的时候，我想了半天，只回答了一句“到苏州去!”究竟沈君是深于世故的人，看了我的不知所措的样子，就不慌不忙地问马车夫说：

“到府门去多少钱？”

好像是老熟的样子。马车夫倒也很公平，第一声只要了三块大洋。我们说太贵，他们就马上让了一块，我们又说太贵，他们又让了五角。我们又试了试说太贵，他们却不让了，所以就在一乘开口马车里坐了进去。

起初看不见的微雨，愈下愈大了，我和沈君坐在马车里，尽在野外的一条马路上横斜地前进。青色的草原，疏淡的树林，蜿蜒的城墙，浅浅的城河，变成这样，变成那样地在我们面前交换。醒人的凉风，休休地吹上我的微热的面上，和嗒嗒的马蹄声，在那里合奏交响乐。我一时忘记了秋雨，忘记了在上海剩下的未了的工作，并且忘记了半年来失业困穷的我，心里只想在马车上作独脚的跳舞，嘴里就不知不觉地念出了几句独脚跳舞的歌来：

秋在何处，秋在何处？
在蟋蟀的床边，在怨妇楼头的砧杵，
你若要寻秋，你只须去落寞的荒郊行旅，
刺骨的凉风，吹消残暑，
漫漫的田野，刚结成禾黍，
一番雨过，野路牛迹里贮着些儿浅渚，
悠悠的碧落，反映在这浅渚里容与，
月光下，树林里，萧萧落叶的声音，便是秋的私语。

我把这几句词不像词，新诗不像新诗的东西唱了一回，又向四边看了一回，只见左右都是荒郊，前面只是一条没有尽头的长路，所以心里就害怕起来，怕马夫要把我们两个人搬到杳无人迹的地方去杀害。探头出去，大声地喝了一声：

“喂！你把我们拖上什么地方去？”

那狡猾的马夫，突然吃了一惊，噗地从那坐凳上跌下来，他的马一时也惊跳了一阵，幸而他虽跌倒在地下，他的马缰绳，还牢捏着不放，所以马没有逃跑。他一边爬起来，一边对我们说：

“先生！老实说，府门是送不到的，我只能送你们上洋关过去的密度桥上。从密度桥到府门，只有几步路。”

他说的是没有丈夫气的苏州话，我被他这几句柔软的话声一说，心已早放下了，并且看看他那五十来岁的面貌，也不像杀人犯的样子，所以点了一点头，就由他去了。

马车到了密度（?）桥，我们就在微雨里走了下来，上沈君的友人寄寓在那里的葑门内的严衙前去。

四

进了封建时代的古城，经过了几条狭小的街巷，更越过了许多环桥，才寻到了沈君的友人施君的寓所。进了葑门以后，在那些清冷的街上，所得着的印象，我怎么也形容不出来。上海的市场，若说是二十世纪的市场，那么这苏州的一隅，只可以说是十八世纪的古都了。上海的杂乱的情形，若说是一个 Busy Port，那么苏州只可以说是一个 Sleepy Town 了。总之阊门外的繁华，我未曾见到，专就我于这葑门里一隅的状况看来，我觉得苏州城，竟还是一个浪漫的古都，街上的石块，和人家的建筑，处处的环桥河水和狭小的街衢，没有一件不在那里夸示过去的中国民族的悠悠的态度。这一种美，若硬要用近代语来表现的时候，我想没有比"颓废美"的三字更适当的了。况且那时候天上又飞满了灰黑的湿云，秋雨又在微微地落下。

施君幸而还没有出去，我们一到他住的地方，他就迎了出来，沈君为我们介绍的时候，施君就慢慢地说：

"原来就是郁君么？难得难得，你做的那篇……我已经拜读了，失意人谁能不同声一哭！"

原来施君是我们的同乡，我被他说得有些羞愧了，想把话头转一个方向，所以就问他说：

"施君，你没有事么？我们一同去吃饭罢。"

实际上我那时候，肚里也觉得非常饥饿了。

严衙前附近，都是钟鸣鼎食之家，所以找不出一家菜馆来。没有方法，我们只好进一家名锦帆榭的茶馆，托茶博士去为我们弄些酒菜来吃。因为那时候微雨未止，我们的肚里却响得厉害，想想饿着肚在微雨里奔跑，也不值得，所以就进了那家茶馆——一则也因为这家茶馆的名字不俗——打算坐它一二个钟头，再作第二步计划。

古语说得好，“有志者事竟成！”我们在锦帆榭的清淡的中厅桌上，喝喝酒，说说闲话，一天微雨，竟被我们的意志力，催阻住了。

初到一个名胜的地方，谁也同小孩子一样，不愿意悠悠地坐着的，我一见雨止，就促施君沈君，一同出了茶馆，打算上各处去逛去。从清冷修整狭小的卧龙街一直跑将下去，拐了一个弯，又走了几步，觉得街上的人和两旁的店，渐渐儿地多起来，繁盛起来，苏州城里最多的卖古书、旧货的店铺，一家一家地少了下去，卖近代的商品的店家，逐渐惹起我的注意来了，施君说：

“玄妙观就要到了，这就是观前街。”

到了玄妙观内，把四面的情形一看，我觉得玄妙观今日的繁华，与我空想中的境状大异。讲热闹赶不上上海午前的小菜场，讲怪异远不及上海城内的城隍庙，走尽了玄妙观的前后，在我脑里深深印入的印象，只有二个，一个是三五个女青年在观前街的一家箫琴铺里买箫，我站到她们身边去对她们呆看了许久，她们也回了我几眼。一个玄妙观门口的一家书馆里，有一位很年轻的学生在那里买我和我朋友共编的杂志。除这两个深刻的印象外，我只觉得玄妙观里的许多茶馆，是苏州人的风雅的趣味的表现。

早晨一早起来，就跑上茶馆去。在那里有天天遇见的熟脸。对于这些熟脸，有妻子的人，觉得比妻子还亲而不狎，没有妻子的人，当然可把茶馆当作家庭，把这些同类当作兄弟了。大热的时候，坐在茶馆里，身上发出来的一阵阵的汗水，可以以口中咽下去的一口口的茶去填补。茶馆内虽则不通空气，但也没有火热的太阳，并且张三李四的家庭内幕和东洋中国的国际闲谈，都可以消去逼人的盛暑。天冷的时候，坐在茶馆里，第一个好处，就是现成的热茶。除茶喝多了，小便的时候要起冷痉之外，吞下几碗刚滚的热茶到肚里，一时却能消渴消寒。贫苦一点的人，更可以借此熬饥。若茶馆主人开通一点，请几位奇形怪状的说书者来说书，风雅的茶客的兴趣，当然更要增加。有几家茶馆里有几个茶客，听说从十几岁的时候坐起，坐到五六十岁死时候止，坐的老是同一个座位，天天上茶馆来一分也不迟，一分也不早，老是在同一个时间。非但如此，有几个人，他自家死的时候，还要把这一个座位写在遗嘱里，要他的儿子天天去坐他那一个遗座。近来百货店的组织法应用到茶业上，茶馆的前头，除香气烹人的“火烧”“锅贴”“包子”“烤山芋”之外，并且有酒有菜，足可使茶客一天不出外而不感得什么缺憾。像上海的青莲阁，非但饮食俱全，并且人肉也在贱卖，中国的这样文明的茶馆，我想该是二十世纪的世界之光了。

所以盲目的外国人，你们若要来调查中国的事情，你们只须上茶馆去调查就是，你们要想来管理中国，也须先去征得各茶馆里的茶客的同意，因为中国的国会所代表的，是中国人的劣根性无耻与贪婪，这些茶客所代表的倒是真真的民意哩！

五

出了玄妙观，我们又走了许多路，去逛遂园，遂园在苏州，同我在上海一样，有许多人还不晓得它的存在。从很狭很小的一个坍败的门口，曲曲折折走尽了几条小弄，我们才到了遂园的中心。苏州的建筑，以我这半日的经验讲来，进门的地方，都是狭窄芜废，走过几条曲巷，才有轩敞华丽的屋宇。我不知这一种方式，还是法国大革命前的民家一样，为避税而想出来的呢，还是为唤醒观者的观听起见，用修辞学上的欲扬先抑的笔法，使能得着一个对称的效力而想出来的？

遂园是一个中国式的庭园，有假山有池水有亭阁，有小桥也有几枝树木。不过各处的坍败的形迹和水上开残的荷花荷叶，同暗澹的天气合作一起，使我感到了一种秋意，使我看出了中国的将来和我自家的凋零的结果。啊！遂园呀遂园，我爱你这一种颓唐的情调！

在荷花池上的一个亭子里，喝了一碗茶，走出来的时候，我们在正厅上却遇着了许多穿轻绸绣缎的绅士淑女，静静地坐在那里喝茶咬瓜子，等说书者的到来。我在前面说过的中国人的悠悠的态度，和中国的亡国的悲壮美，在此地也能看得出来。啊啊，可怜我为人在客，否则我也挨到那些皮肤嫩白的太太小姐们的边上去静坐了。

出了遂园，我们因为时间不早，就劝施君回寓。我与沈君在狭长的街上飘流了一会，就决定到虎丘去。

（此稿执笔者因病中止）

江南的冬景

凡在北国过过冬天的人，总都知道围炉煮茗，或吃煊羊肉，剥花生米，饮白干的滋味。而有地炉、暖炕等设备的人家，不管它们外面是雪深几尺，或风大若雷，而躲在屋里过活的两三个月的生活，却是一年之中最有劲的一段蛰居异境；老年人不必说，就是顶喜欢活动的小孩子们，总也是个个在怀恋的，因为当这中间，有的是萝卜、雅儿梨等水果的闲食，还有大年夜、正月初一、元宵等热闹的节期。

但在江南，可又不同；冬至过后，大江以南的树叶，也不至于脱尽。寒风——西北风——间或吹来，至多也不过冷了一日两日。到得灰云扫尽，落叶满街，晨霜白得像黑女脸上的脂粉似的清早，太阳一上屋檐，鸟雀便又在吱叫，泥地里便又放出水蒸气来，老翁小孩就又可以上门前的隙地里去坐着曝背谈天，营屋外的生涯了；这一种江南的冬景，岂不也可爱得很吗？

我生长江南，儿时所受的江南冬日的印象，铭刻特深；虽则渐入中年，又爱上了晚秋，以为秋天正是读读书，写写字的人的最惠节季，但对于江南的冬景，总觉得是可以抵得过北方夏夜的一种特殊情调，说得摩登些，便是一种明朗的情调。

我也曾到过闽粤，在那里过冬天，和暖原极和暖，有时候到了阴历的年边，说不定还不得不拿出纱衫来着；走过野人的篱落，更还看得见许多杂七杂八的秋花！一番阵雨雷鸣过后，凉冷一点，至多也只好换上一件夹衣，在闽粤之间，皮袍棉袄是绝对用不着的；这一种极南的气候异状，并不是我所说的江南的冬景，只能叫它作南国的长春，是春或秋的延长。

江南的地质丰腴而润泽，所以含得住热气，养得住植物；因而长江一带，芦花可以到冬至而不败，红叶亦有时候会保持得三个月以上的生命。像钱塘江两岸的乌桕树，则红叶落后，还有雪白的桕子着在枝头，一点一丛，用照相机照将出来，可以乱梅花之真。草色顶多成了赭色，根边总带点绿意，非但野火烧不尽，就是寒风也吹不倒的。若遇到风和日暖的午后，你一个人肯上冬郊去走走，则青天碧落之下，你不但感不到岁时的肃杀，并且还可以饱觉着一种莫名其妙的含蓄在那里的生气；“若是冬天来了，春天也总马上会来”的诗人的名句，只有在江南的山野里，最容易体会得出。

说起了寒郊的散步，实在是江南的冬日，所给与江南居住者的一种特异的恩惠；在北方的冰天雪地里生长的人，是终他的一生，也决不会有享受这一种清福的机会的。我不知道德国的冬天，比起我们江浙来如何，但从许多作家的喜欢以Spaziergang一字来做他们的创作题目的一点看来，大约是德国南部地方，四季的变迁，总也和我们的江南差仿不多。譬如说十九世纪的那位乡土诗人洛在格（Peter Rosegger，1843—1918）吧，他用这一个“散步”做题目的文章尤其写得多，而所写的情形，却又是大半可以拿到中国江浙的山区地方来适用的。

江南河港交流，且又地滨大海，湖沼特多，故空气里时含水分；到得冬天，不时也会下着微雨，而这微雨寒村里的冬霖景象，又是一种说不出的悠闲境界。你试想想，秋收过后，河流边三五家人家会聚在一道的一个小村子里，门对长桥，窗临远阜，这中间又多是树枝槎桠的杂木树林；在这一幅冬日农村的图上，再洒上一层细得同粉也似的白雨，加上一层淡得几不成墨的背景，你说还够不够悠闲？若再要点些景致进去，则门前可以泊一只乌篷小船，茅屋里可以添几个喧哗的酒客，天垂暮了，还可以加一味红黄，在茅屋窗中画上一圈暗示着灯光的月晕。人到了这一个境界，自然会得胸襟洒脱起来，终至于得失俱亡，死生不问了；我们总该还记得唐朝那位诗人做的“暮雨潇潇江上村”的一首绝句吧？诗人到此，连对绿林豪客都客气起来了，这不是江南冬景的迷人又是什么？

一提到雨，也就必然地要想到雪；“晚来天欲雪，能饮一杯无？”自然是江南日暮的雪景。“寒沙梅影路，微雪酒香村”，则雪月梅的冬宵三友，会合在一道，在调戏酒姑娘了。“柴门村犬吠，风雪夜归人”，是江南雪夜，更深人静后的景况。“前村深雪里，昨夜一枝开”，又到了第二天的早晨，和狗一样喜欢弄雪的村童来报告村景了。诗人的诗句，也许不尽是在江南所写，而做这几句诗的诗人，也许不尽是江南人，但假了这几句诗来描写江南的雪景，岂不直截了当，比我这一枝愚劣的笔所写的散文更美丽得多？

有几年，在江南也许会没有雨没有雪地过一个冬，到了春间阴历的正月底或二月初再冷一冷下一点春雪的；去年（一九三四）的冬天是如此，今年的冬天恐怕也不得不然，以节气推算起来，大约大冷的日子，将在一九三六年的二月尽头，最多也总不过是七八天的样子。像这样的冬天，乡下人叫作旱冬，对于麦的收成或者好些，但是人口却要受到损伤；旱得久了，白喉、流行性感冒等疾病自然容易上身，可是想恣意享受江南的冬景的人，在这一种冬天，倒只会得感到快活一点，因为晴和的日子多了，上郊外去闲步逍遥的机会自然也多；日本人叫作Hiking，德国人叫作Spaziergang狂者，所最欢迎的也就是这样的冬天。

窗外的天气晴朗得像晚秋一样；晴空的高爽，日光的洋溢，引诱得使你在房间里坐不住，空言不如实践，这一种无聊的杂文，我也不再想写下去了，还是拿起手杖，搁下纸笔，上湖上去散散步吧！

一九三五年十二月一日

扬州旧梦寄语堂

语堂兄：

乱掷黄金买阿娇，穷来吴市再吹箫，
箫声远渡江淮去，吹到扬州廿四桥。

这是我在六七年前——记得是一九二八年的秋天，写那篇《感伤的行旅》时瞎唱出来的歪诗；那时候的计划，本想从上海出发，先在苏州下车，然后去无锡，游太湖，过常州，达镇江，渡瓜步，再上扬州去的。但一则因为苏州在戒严，再则因在太湖边上受了一点虚惊，故而中途变计，当离无锡的那一天晚上，就直到了扬州城里。旅途不带诗韵，所以这一首打油诗的韵脚，是姜白石的那一首“小红唱曲我吹箫”的老调，系凭着了车窗，看看斜阳衰草，残柳芦苇，哼出来的莫名其妙的山歌。

我去扬州，这时候还是第一次；梦想着扬州的两字，在声调上，在历史的意义上，真是如何地艳丽，如何地够使人魂销而魄荡！

竹西歌吹，应是玉树后庭花的遗音；萤苑迷楼，当更是临春结绮等沉檀香阁的进一步的建筑。此外的锦帆十里，殿脚三千，后土祠琼花万朵，玉钩斜青冢双行，计算起来，扬州的古迹、名区，以及山水佳丽的地方，总要有三年零六个月才逛得遍。唐宋文人的倾倒于扬州，想来一定是有一种特别见解的；小杜的“青山隐隐水迢迢”，与“十年一觉扬州梦”，还不过是略带感伤的诗句而已，至如“君王忍把平陈业，只换雷塘数亩田”，“人生只合扬州死，禅智山光好墓田”，那简直是说扬州可以使你的国亡，可以使你的身死，而也决无后悔的样子了，这还了得！

在我梦想中的扬州，实在太有诗意，太富于六朝的金粉气了，所以那一次从无锡上车之后，就是到了我所最爱的北固山下，亦没有心思停留半刻，便匆匆地渡过了江去。

长江北岸，是有一条公共汽车路筑在那里的；一落渡船，就可以向北直驶，直达到扬州南门的福运门边。再过一条城河，便进扬州城了，就是一千四五百年以来，为我们历代的诗人骚客所赞叹不止的扬州城，也就是你家黛玉的爸爸，在此撇下了孤儿升天成佛去的扬州城！

但我在到扬州的一路上，所见的风景，都平坦萧杀，没有一点令人可以留恋的地方，因而想起了晁无咎的《赴广陵道中》的诗句：

醉卧符离太守亭，别都弦管记曾称，

淮山杨柳春千里，尚有多情忆小胜。（小胜，劝酒女鬟也。）

急鼓冬冬下泗州，却瞻金塔在中流，

帆开朝日初生处，船转春山欲尽头。

杨柳青青欲哺乌，一春风雨暗隋渠，

落帆未觉扬州远，已喜淮阴见白鱼。

才晓得他自安徽北部下泗州，经符离（现在的宿县）由水道而去的，所以得见到许多景致，至少至少，也可以看到两岸的垂杨和江中的浮屠鱼类。而我去的一路呢，却只见了些道路树的洋槐，和秋收已过的沙田万顷，别的风趣，简直没有。连绿杨城廓是扬州的本地风光，就是自隋朝以来的堤柳，也看见得很少。

到了福运门外，一见了那一座新修的城楼，以及写在那洋灰壁上的三个福运门的红字，更觉得兴趣索然了；在这一种城门之内的亭台园囿，或楚馆秦楼，哪里会有诗意呢？

进了城去，果然只见到了些狭窄的街道，和低矮的市廛，在一家新开的绿杨大旅社里住定之后，我的扬州好梦，已经醒了一半了。入睡之前，我原也去逛了一下街市，但是灯烛辉煌，歌喉宛转的太平景象，竟一点儿也没有。“扬州的好处，或者是在风景，明天去逛瘦西湖，平山堂，大约总特别地会使我满足，今天且好好儿地睡它一晚，先养养我的脚力吧！”这是我自己替自己解闷的想头，一半也是真心诚意，想驱逐驱逐宿娼的邪念的一道符咒。

第二天一早起来，先坐了黄包车出天宁门去游平山堂。天宁门外的天宁寺，天宁寺后的重宁寺，建筑的确伟大，庙貌也十分地壮丽；可是不知为了什么，寺里不见一个和尚，极好的黄松材料，都断的断，拆的拆了，像许久不经修理的样子。时间正是暮秋，那一天的天气又是阴天，我身到了这大伽蓝里，四面不见人影，仰头向御碑佛像以及屋顶一看，满身出了一身冷汗，毛发都倒竖起来了，这一种阴戚戚的冷气，叫我用什么文字来形容呢？

回想起二百年前，高宗南幸，自天宁门至蜀冈，七八里路，尽用白石铺成，上面雕栏曲槛，有一道像颐和园昆明湖上似的长廓甬道，直达至平山堂下，黄旗紫盖，翠辇金轮，妃嫔成队，侍从如云的盛况，和现在的这一条黄沙曲路，只见衰草牛羊的萧条野景来一比，实在是差得太远了。当然颓井废垣，也有一种令人发思古之幽情的美感，所以鲍明远会作出那篇《芜城赋》来；但我去的时候的扬州北郭，实在太荒凉了，荒凉得连感慨都叫人抒发不出。

到了平山堂东面的功得山观音寺里，吃了一碗清茶，和寺僧谈起这些景象，才晓得这几年来，兵去则匪至，匪去则兵来，住的都是城外的寺院。寺的坍败，原是应该，和尚的逃散，也是不得已的。就是蜀冈的一带，三峰十余个名刹，现在有人住的，只剩了这一个观音寺了，连正中峰有平山堂在的法净寺里，此刻也没有了住持的人。

平山堂一带的建筑，点缀，园囿，都还留着有一个旧日的轮廓；像平远楼的三层高阁，依然还在，可是门窗却没有了；西园的池水以及第五泉的泉路，都还看得出来，但水却干涸了，从前的树木，花草，假山，迭石，并其他的精舍亭园，现在只剩了许多痕迹，有的简直连遗址都无寻处。

我在平山堂上，瞻仰了一番欧阳公的石刻像后，只能屁也不放一个，悄悄地又回到了城里。午后想坐船了，去逛的是瘦西湖小金山五亭桥的一角。

在这一角清淡的小天地里，我却看到了扬州的好处。因为地近城区，所以荒废也并不十分厉害；小金山这面的临水之处，并且还有一位军阀的别墅（徐园）建筑在那里，结构尚新，大约总还是近年来的新筑。从这一块地方，看向五亭桥法海塔去的一面风景，真是典丽裔皇，完全像北平中南海的气象。至于近旁的寺院之类，却又因为年久失修，谈不上了。

瘦西湖的好处，全在水树的交映，与游程的曲折；秋柳影下，有红蓼青蘋，散浮在水面，扁舟擦过，还听得见水草的鸣声，似在暗泣。而几个弯儿一绕，水面阔了，猛然间闯入眼来的，就是那一座有五个整齐金碧的亭子排立着的白石平桥，比金鳌玉蝀，虽则短些，可是东方建筑的古典趣味，却完全荟萃在这一座桥，这五个亭上。

还有船娘的姿势，也很优美；用以撑船的，是一根竹竿，使劲一撑，竹竿一弯，同时身体靠上去着力，臀部腰部的曲线，和竹竿的线条，配合得异常匀称，异常复杂。若当暮雨潇潇的春日，雇一个容颜姣好的船娘，携酒与茶，来瘦西湖上回游半日，倒也是一种赏心的乐事。

船回到了天宁门外的码头，我对那位船娘，却也有点儿依依难舍的神情，所以就出了一个题目，要她在岸上再陪我一程。我问她："这近边还有好玩的地方没有？"她说："还有天宁寺、平山堂。"我说："都已经去过了。"她说："还有史公祠。"于是就由她带路，抄过了天宁门，向东地走到了梅花岭下。瓦屋数间，荒坟一座，有的人还说坟里面葬着的只是史阁部的衣冠，看也原没有什么好看；但是一部《廿四史》掉尾的这一位大忠臣的战绩，是读过明史的人，无不为之泪下的；况且经过《桃花扇》作者的一描，更觉得史公的忠肝义胆，活跃在纸上了；我在祠墓的中间立着想着；穿来穿去地走着；竟耽搁了那一位船娘不少的时间。本来是阴沉短促的晚秋天，到此竟垂垂欲暮了，更向东踏上了梅花岭的斜坡，我的唱山歌的老病又发作了，就顺口唱出了这么的二十八字：

三百年来土一丘，史公遗爱满扬州；
二分明月千行泪，并作梅花岭下秋。

写到这里，本来是可以搁笔了，以一首诗起，更以一首诗终，岂不很合鸳鸯蝴蝶的体裁么？但我还想加上一个总结，以醒醒你的骑鹤上扬州的迷梦。

总之，自大业初开邗沟入江渠以来，这扬州一郡，就成了中国南北交通的要道；自唐历宋，直到清朝，商业集中于此，冠盖也云屯在这里。既有了有产及有势的阶级，则依附这阶级而生存的奴隶阶级，自然也不得不产生。贫民的儿女，就被他们强迫作婢妾，于是乎就有了杜牧之的青楼薄幸之名，所谓“春风十里扬州路”者，盖指此。有了有钱的老爷，和美貌的名娼，则饮食起居（园亭），衣饰犬马，名歌艳曲，才士雅人（帮闲食客），自然不得不随之而俱兴，所以要腰缠十万贯，才能逛扬州者，以此。但是铁路开后，扬州就一落千丈，萧条到了极点。从前的运使、河督之类，现在也已经驻上了别处；殷实商户，巨富乡绅，自然也分迁到了上海或天津等洋大人的保护之区，故而目下的扬州只剩了一个历史上的剥制的虚壳，内容便什么也没有了。

扬州之美，美在各种的名字，如绿杨村，廿四桥，杏花村舍，邗上农桑，尺五楼，一粟庵等；可是你若辛辛苦苦，寻到了这些最风雅也没有的名称的地方，也许只有一条断石，或半间泥房，或者简直连一条断石、半间泥房都没有的。张陶庵有一册书，叫作《西湖梦寻》，是说往日的西湖如何可爱，现在却不对了，可是你若到扬州去寻梦，那恐怕要比现在的西湖还更不如。

你既不敢游杭，我劝你也不必游扬，还是在上海梦里想象想象欧阳公的平山堂，王阮亭的红桥，《桃花扇》里的史阁部，《红楼梦》里的林如海，以及盐商的别墅，乡宦的妖姬，倒来得好些。枕上的卢生，若长不醒，岂非快事。一遇现实，哪里还有Dichtung呢！

一九三五年五月

语堂附记： 吾脚腿甚坏，却时时想训练一下。虎丘之梦既破，扬州之梦未醒，故一年来即有约友同游扬州之想。日前约大杰、达夫同去，忽来此一长函，知是去不成了。不知是未凑足稿费，还是映霞不许。然我仍是要去，不管此去得何罪名，在我总是书上太常看见的地名，必想到一到。怎样是邗江，怎样是瓜州，怎样是廿四桥，怎样是五亭桥，以后读书时心中才有个大略山川形势。即使平山堂已是一楹一牖，也必见识见识。

故都的秋

秋天，无论在什么地方的秋天，总是好的；可是啊，北国的秋，却特别地来得清，来得静，来得悲凉。我的不远千里，要从杭州赶上青岛，更要从青岛赶上北平来的理由，也不过想饱尝一尝这“秋”，这故都的秋味。

江南，秋当然也是有的；但草木凋得慢，空气来得润，天的颜色显得淡，并且又时常多雨而少风；一个人夹在苏州上海杭州，或厦门香港广州的市民中间，浑浑沌沌地过去，只能感到一点点清凉，秋的味，秋的色，秋的意境与姿态，总看不饱，尝不透，赏玩不到十足。秋并不是名花，也并不是美酒，那一种半开，半醉的状态，在领略秋的过程上，是不合式的。

不逢北国之秋，已将近十余年了。在南方每年到了秋天，总要想起陶然亭的芦花，钓鱼台的柳影，西山的虫唱，玉泉的夜月，潭柘寺的钟声。在北平即使不出门去吧，就是在皇城人海之中，租人家一椽破屋来住着，早晨起来，泡一碗浓茶，向院子一坐，你也能看得到很高很高的碧绿的天色，听得到青天下驯鸽的飞声。从槐树叶底，朝东细数着一丝一丝漏下来的日光，或在破壁腰中，静对着像喇叭似的牵牛花（朝荣）的蓝朵，自然而然地也能够感觉到十分的秋意。说到了牵牛花，我以为以蓝色或白色者为佳，紫黑色次之，淡红者最下。最好，还要在牵牛花底，教长着几根疏疏落落的尖细且长的秋草，使作陪衬。

北国的槐树，也是一种能使人联想起秋来的点缀。像花而又不是花的那一种落蕊，早晨起来，会铺得满地。脚踏上去，声音也没有，气味也没有，只能感出一点点极微细极柔软的触觉。扫街的在树影下一阵扫后，灰土上留下来的一条条扫帚的丝纹，看起来既觉得细腻，又觉得清闲，潜意识下并且还觉得有点儿落寞，古人所说的梧桐一叶而天下知秋的遥想，大约也就在这些深沉的地方。

秋蝉的衰弱的残声，更是北国的特产；因为北平处处全长着树，屋子又低，所以无论在什么地方，都听得见它们的啼唱。在南方是非要上郊外或山上去才听得到的。这秋蝉的嘶叫，在北平可和蟋蟀耗子一样，简直像是家家户户都养在家里的家虫。

还有秋雨哩，北方的秋雨，也似乎比南方的下得奇，下得有味，下得更像样。

在灰沉沉的天底下，忽而来一阵凉风，便息列索落地下起雨来了。一层雨过，云渐渐地卷向了西去，天又青了，太阳又露出脸来了；着着很厚的青布单衣或夹袄的都市闲人，咬着烟管，在雨后的斜桥影里，上桥头树底去一立，遇见熟人，便会用了缓慢悠闲的声调，微叹着互答着地说：

“唉，天可真凉了——”（这了字念得很高，拖得很长。）

“可不是么？一层秋雨一层凉啦！”

北方人念阵字，总老像是层字，平平仄仄起来，这念错的歧韵，倒来得正好。

北方的果树，到秋来，也是一种奇景。第一是枣子树；屋角，墙头，茅房边上，灶房门口，它都会一株株地长大起来。像橄榄又像鸽蛋似的这枣子颗儿，在小椭圆形的细叶中间，显出淡绿微黄的颜色的时候，正是秋的全盛时期；等枣树叶落，枣子红完，西北风就要起来了，北方便是尘沙灰土的世界，只有这枣子，柿子，葡萄，成熟到八九分的七八月之交，是北国的清秋的佳日，是一年之中最好也没有的Golden Days。

有些批评家说，中国的文人学士，尤其是诗人，都带着很浓厚的颓废色彩，所以中国的诗文里，颂赞秋的文字特别地多。但外国的诗人，又何尝不然？我虽则外国诗文念得不多，也不想开出账来，做一篇秋的诗歌散文钞，但你若去一翻英德法意等诗人的集子，或各国的诗文的Anthology来，总能够看到许多关于秋的歌颂与悲啼。各著名的大诗人的长篇田园诗或四季诗里，也总以关于秋的部分，写得最出色而最有味。足见有感觉的动物，有情趣的人类，对于秋，总是一样地能特别引起深沉，幽远，严厉，萧索的感触来的。不单是诗人，就是被关闭在牢狱里的囚犯，到了秋来，我想也一定会感到一种不能自已的深情；秋之于人，何尝有国别，更何尝有人种阶级的区别呢？不过在中国，文学里有一个“秋士”的成语，读本里又有着很普遍的欧阳子的《秋声》与苏东坡的《赤壁赋》等，就觉得中国的文人，与秋的关系特别深了。可是这秋的深味，尤其是中国的秋的深味，非要在北方，才感受得到的。

南国之秋，当然是也有它的特异的地方的，譬如廿四桥的明月，钱塘江的秋潮，普陀山的凉雾，荔枝湾的残荷等等，可是色彩不浓，回味不永。比起北国的秋来，正像是黄酒之与白干，稀饭之与馍馍，鲈鱼之与大蟹，黄犬之与骆驼。

秋天，这北国的秋天，若留得住的话，我愿意把寿命的三分之二折去，换得一个三分之一的零头。

一九三四年八月，在北平

北平的四季

对于一个已经化为异物的故人，追怀起来，总要先想到他或她的好处；随后再慢慢地想想，则觉得当时所感到的一切坏处，也会变作很可寻味的一些纪念，在回忆里开花。关于一个曾经住过的旧地，觉得此生再也不会第二次去长住了，身处入了远离的一角，向这方向的云天遥望一下，回想起来的，自然也同样的只是它的好处。

中国的大都会，我前半生住过的地方，原也不在少数；可是当一个人静下来回想起从前，上海的闹热，南京的辽阔，广州的乌烟瘴气，汉口武昌的杂乱无章，甚至于青岛的清幽，福州的秀丽，以及杭州的沉着，总归都还比不上北京——我住在那里的时候，当然还是北京——的典丽堂皇，幽闲清妙。

先说人的分子吧，在当时的北京——民国十一二年前后——上自军财阀政客名优起，中经学者名人，文士美女教育家，下而至于负贩拉车铺小摊的人，都可以谈谈，都有一艺之长，而无憎人之貌；就是由荐头店荐来的老妈子，除上炕者是当然以外，也总是衣冠楚楚，看起来不觉得会令人讨嫌。

其次说到北京物质的供给哩，又是山珍海错，洋广杂货，以及萝卜白菜等本地产品，无一不备，无一不好的地方。所以在北京住上两三年的人，每一遇到要走的时候，总只感到北京的空气太沉闷，灰沙太暗淡，生活太无变化；一鞭走出，出前门便觉胸舒，过芦沟方知天晓，仿佛一出都门，就上了新生活开始的坦道似的；但是一年半载，在北京以外的各地——除了在自己幼年的故乡以外——去一住，谁也会得重想起北京，再希望回去，隐隐地对北京害起剧烈的怀乡病来。这一种经验，原是住过北京的人，个个都有，而在我自己，却感觉得格外地浓，格外地切。最大的原因或许是为了我那长子之骨，现在也还埋在郊外广谊园的坟山，而几位极要好的知己，又是在那里同时毙命的受难者的一群。

北平的人事品物，原是无一不可爱的，就是大家觉得最要不得的北平的天候，和地理联合上一起，在我也觉得是中国各大都会中所寻不出几处来的好地。为叙述的便利起见，想分成四季来约略地说说。

北平自入旧历的十月之后，就是灰沙满地，寒风刺骨的节季了，所以北平的冬天，是一般人所最怕过的日子。但是要想认识一个地方的特异之处，我以为顶好是当这特异处表现得最圆满的时候去领略；故而夏天去热带，寒天去北极，是我一向所持的哲理。北平的冬天，冷虽则比南方要冷得多，但是北方的生活的伟大幽闲，也只有在冬季，使人感受得最彻底。

先说房屋的防寒装置吧，北方的住屋，并不同南方的摩登都市一样，用的是钢骨水泥，冷热气管；一般的北方人家，总只是矮矮的一所四合房，四面是很厚的泥墙；上面花厅内都有一张暖炕，一所回廊；廊子上是一带明窗，窗眼里糊着薄纸，薄纸内又装上风门，另外就没有什么了。在这样简陋的房屋之内，你只教把炉子一生，电灯一点，棉门帘一挂上，在屋里住着，却一辈子总是暖炖炖像是春三四月里的样子。尤其会得使你感觉到屋内的温软堪恋的，是屋外窗外面乌乌在叫啸的西北风。天色老是灰沉沉的，路上面也老是灰的围障，而从风尘灰土中下车，一踏进屋里，就觉得一团春气，包围在你的左右四周，使你马上就忘记了屋外的一切寒冬的苦楚。若是喜欢吃吃酒，烧烧羊肉锅的人，那冬天的北方生活，就更加不能够割舍；酒已经是御寒的妙药了，再加上以大蒜与羊肉酱油合煮的香味，简直可以使一室之内，涨满了白蒙蒙的水蒸温气。玻璃窗内，前半夜，会流下一条一条的清汗，后半夜就变成了花色奇异的冰纹。

到了下雪的时候哩，景象当然又要一变。早晨从厚棉被里张开眼来，一室的清光，会使你的眼睛眩晕。在阳光照耀之下，雪也一粒一粒地放起光来了，蛰伏得很久的小鸟，在这时候会飞出来觅食振翎，谈天说地，吱吱地叫个不休。数日来的灰暗天空，愁云一扫，忽然变得澄清见底，翳障全无；于是年轻的北方住民，就可以营屋外的生活了，溜冰，做雪人，赶冰车雪车，就在这一种日子里最有劲儿。

我曾于这一种大雪时晴的傍晚，和几位朋友，跨上跛驴，出西直门上骆驼庄去过过一夜。北平郊外的一片大雪地，无数枯树林，以及西山隐隐现现的不少白峰头，和时时吹来的几阵雪样的西北风，所给与人的印象，实在是深刻，伟大，神秘到了不可以言语来形容。直到了十余年后的现在，我一想起当时的情景，还会得打一个寒颤而吐一口清气，如同在钓鱼台溪旁立着的一瞬间一样。

北国的冬宵，更是一个特别适合于看书，写信，追思过去，与作闲谈说废话的绝妙时间。记得当时我们弟兄三人，都住在北京，每到了冬天的晚上，总不远千里地走拢来聚在一道，会谈少年时候在故乡所遇所见的事事物物。小孩们上床去了，佣人们也都去睡觉了，我们弟兄三个，还会得再加一次煤再加一次煤地长谈下去。有几宵因为屋外面风紧天寒之故，到了后半夜的一二点钟的时候，便不约而同地会说出索性坐坐到天亮的话来。像这一种可宝贵的记忆，像这一种最深沉的情调，本来也就是一生中不能够多享受几次的昙花佳境，可是若不是在北平的冬天的夜里，那趣味也一定不会得像如此地悠长。

总而言之，北平的冬季，是想赏识赏识北方异味者之唯一的机会；这一季里的好处，这一季里的琐事杂忆，若要详细地写起来，总也有一部《帝京景物略》那么大的书好做；我只记下了一点点自身的经历，就觉得过长了，下面只能再来略写一点春和夏以及秋季的感怀梦境，聊作我的对这日就沦亡的故国的哀歌。

春与秋，本来是在什么地方都属可爱的时节，但在北平，却与别地方也有点儿两样。北国的春，来得较迟，所以时间也比较地短。西北风停后，积雪渐渐地消了，赶牲口的车夫身上，看不见那件光板老羊皮的大袄的时候，你就得预备着游春的服饰与金钱；因为春来也无信，春去也无踪，眼睛一眨，在北平市内，春光就会得同飞马似的溜过。屋内的炉子，刚拆去不久，说不定你就马上得去叫盖凉棚的才行。

而北方春天的最值得记忆的痕迹，是城厢内外的那一层新绿，同洪水似的新绿。北京城，本来就是一个只见树木不见屋顶的绿色的都会，一踏出九城的门户，四面的黄土坡上，更是杂树丛生的森林地了；在日光里颤抖着的嫩绿的波浪，油光光，亮晶晶，若是神经系统不十分健全的人，骤然间身入到这一个淡绿色的海洋涛浪里去一看，包管你要张不开眼，立不住脚，而昏蹶过去。

北平市内外的新绿，琼岛春阴，西山挹翠诸景里的新绿，真是一幅何等奇伟的外光派的妙画！但是这画的框子，或者简直说这画的画布，现在却已经完全掌握在一只满长着黑毛的巨魔的手里了！北望中原，究竟要到哪一日才能够重见得到天日呢？

从地势纬度上讲来，北方的夏天，当然要比南方的夏天来得凉爽。在北平城里过夏，实在是并没有上北戴河或西山去避暑的必要。一天到晚，最热的时候，只有中午到午后三四点钟的几个钟头，晚上太阳一下山，总没有一处不是凉阴阴要穿单衫才能过去的；半夜以后，更是非盖薄棉被不可了。而北平的天然冰的便宜耐久，又是夏天住过北平的人所忘不了的一件恩惠。

我在北平，曾经过过三个夏天；像什刹海，菱角沟，二闸等暑天游耍的地方，当然是都到过的；但是在三伏的当中，不问是白天或是晚上，你只教有一张藤榻，搬到院子里的葡萄架下或藤花阴处去躺着，吃吃冰茶雪藕，听听盲人的鼓词与树上的蝉鸣，也可以一点儿也感不到炎热与薰蒸。而夏天最热的时候，在北平顶多总不过九十四五度，这一种大热的天气，全夏顶多顶多又不过十日的样子。

在北平，春夏秋的三季，是连成一片；一年之中，仿佛只有一段寒冷的时期，和一段比较地温暖的时期相对立。由春到夏，是短短的一瞬间，自夏到秋，也只觉得是过了一次午睡，就有点儿凉冷起来了。因此，北方的秋季也特别地觉得长，而秋天的回味，也更觉得比别处来得浓厚。前两年，因去北戴河回来，我曾在北平过过一个秋，在那时候，已经写过一篇《故都的秋》，对这北平的秋季颂赞过一遍了，所以在这里不想再来重复；可是北平近郊的秋色，实在也正像是一册百读不厌的奇书，使你愈翻愈会感到兴趣。

秋高气爽，风日晴和的早晨，你且骑着一匹驴子，上西山八大处或玉泉山碧云寺去走走看；山上的红柿，远处的烟树人家，郊野里的芦苇黍稷，以及在驴背上驮着生果进城来卖的农户佃家，包管你看一个月也不会看厌。春秋两季，本来是到处好的，但是北方的秋空，看起来似乎更高一点，北方的空气，吸起来似乎更干燥健全一点。而那一种草木摇落、金风肃杀之感，在北方似乎也更觉得要严肃，凄凉，沉静得多。你若不信，你且去西山脚下，农民的家里或古寺的殿前，自阴历八月至十月下旬，去住它三个月看看。古人的“悲哉秋之为气”以及“胡笳互动，牧马悲鸣”的那一种哀感，在南方是不大感觉得到的，但在北平，尤其是在郊外，你真会得感至极而涕零，思千里兮命驾。所以我说，北平的秋，才是真正的秋；南方的秋天，不过是英国话里所说的Indian Summer或叫作小春天气而已。

统观北平的四季，每季每节，都有它的特别的好处。冬天是室内饮食奄息的时期，秋天是郊外走马调鹰的日子，春天好看新绿，夏天饱受清凉。至于各节各季，正当移换中的一段时间哩，又是别一种情趣，是一种两不相连，而又两都相合的中间风味，如雍和宫的打鬼，净业庵的放灯，丰台的看芍药，万牲园的寻梅花之类。

五六百年来文化所聚萃的北平，一年四季无一月不好的北平，我在遥忆，我也在深祝，祝她的平安进展，永久地为我们黄帝子孙所保有的旧都城！

一九三六年五月廿七日

马六甲游记

为想把满身的战时尘滓暂时洗刷一下，同时，又可以把个人的神经，无论如何也负担不起的公的私的积累清算一下之故，毫无踌躇，飘飘然驶入了南海的热带圈内，如醉如痴，如在一个连续的梦游病里，浑浑然过去的日子，好像是很久很久了，又好像是有一日一夜的样子。实在是，在长年如盛夏，四季不分明的南洋过活，记忆力只会一天一天地衰弱下去，尤其是关于时日年岁的记忆，尤其是当踏上了一定的程序工作之后的精神劳动者的记忆。

某年月日，为替一爱国团体上演《原野》而揭幕之故，坐了一夜的火车，从新加坡到了吉隆坡。在卧车里鼾睡了一夜，醒转来的时候，填塞在左右的，依旧是不断的树胶园，满目的青草地，与在强烈的日光里反射着殷红色的墙瓦的小洋房。

揭幕礼行后，看戏看到了午夜，在李旺记酒家吃了一次朱植生先生特为筹设的消夜筵席之后，南方的白夜，也冷悄悄地酿成了一味秋意；原因是由于一阵豪雨，把路上的闲人，尽催归了梦里，把街灯的玻璃罩，也洗涤成了水样的澄清。倦游人的深夜的悲哀，忽而从驶回逆旅的汽车窗里，露了露面，仿佛是在很远很远的异国，偶尔见到了一个不甚熟悉的同坐过一次飞机或火车的偕行伙伴。这一种感觉，已经有好久好久不曾尝到了，这是一种在深夜当游倦后的哀思啊！

第二天一早起来，因有友人去马六甲之便，就一道坐上汽车，向南偏西，上山下岭，尽在树胶园椰子林的中间打圈圈，一直到过了丹平的关卡以后，样子却有点不同了。同模形似的精巧玲珑的马来人亚答屋的住宅，配合上各种不同的椰子树的阴影，有独木的小桥，有颈项上长着双峰的牛车，还有负载着重荷，在小山坳密林下来去的原始马来人的远景，这些点缀，分明在告诉我，是在南洋的山野里旅行。但偶一转向，车驶入了平原，则又天空开展，水田里的稻秆青葱，田塍树影下，还有一二皮肤黝黑的农夫在默默地休息，这又像是在故国江南的旷野，正当五六月耕耘方起劲的时候。

到了马六甲，去海滨“彭大希利”的莱斯脱好坞斯（Rest House）去休息了一下，以后，就是参观古迹的行程了。导我们的先路的，是由何葆仁先生替我们去邀来的陈应桢、李君侠、胡健人等几位先生。

我们的路线，是从马六甲河西岸海滨的华侨银行出发，打从圣弗兰雪斯教堂的门前经过，先向市政厅所在的圣保罗山，亦叫作升旗山的古圣保罗教堂的废墟去致敬的。

这一块周围仅有七百二十英里方的马六甲市，在历史上、传说上，却是马来半岛，或者也许是南洋群岛中最古的地方，是在好久以前，就听人家说过的。第一，马六甲的这一个马来名字的由来，据说就是在十四世纪中叶，当新加坡的马来人，被爪哇西来的外人所侵略，酋长斯干达夏率领群众避至此地，息树荫下，偶问旁人以此树何名，人以“马六甲”对，于是这地方的名字，就从此定下了。而这一株有五六百年高寿的马六甲树，到现在也还婆娑独立在圣保罗的山下那一个旧式栈桥接岸的海滨。枝叶纷披，这树所覆的荫处，倒确有一连以上的士兵可扎营。

此外，则关于马六甲这名字的由来，还有酋长见犬鹿相斗，犬反被鹿伤的传说；另一说则谓马六甲，系爪哇语“亡命”之意。或谓系爪哇人称巨港之音，巫来由即马六甲之变音。

这些倒还并不相干，因为我们的目的，只想去瞻仰那些古时遗下来的建筑物，和现时所看得到的风景之类；所以一过马六甲河，看见了那座古色苍然的荷兰式的市政厅的大门，就有点觉得在和数世纪前的彭祖老人说话了。

这一座门，尽以很坚强的砖瓦叠成，像低低的一个城门洞的样子；洞上一层，是施有雕刻的长方石壁，再上面，却是一个小小的钟楼似的塔顶。

在这里，又不得不简叙一叙马六甲的史实了：第一，这里当然是从新加坡西来的马来人所开辟的世界，这是在十四世纪中叶的事情。在这先头，从宋代的中国册籍（诸藩志）里，虽可以见到巨港王国的繁荣，但马六甲这一名，却未被发现。到了明朝，郑和下南洋的前后，马六甲就在中国书籍上渐渐知名了，这是十四世纪末叶的事情。在十六世纪初年，葡萄牙人第奥义·洛泊斯·特色开拉——（Diogo Lopez de Segueira）率领五艘海船到此通商，当为马六甲和西欧交通的开始时期。一千五百十一年，马六甲被亚儿封所·达儿勃开儿克（Alfonso dal Bugergue）所征服以后，南洋群岛就成了葡萄牙人独占的市场。其后荷兰继起，一千六百四十一年，马六甲便归入了荷人的掌握；现在所遗留的马六甲的史迹，以荷兰人的建筑物及墓碑为最多的原因，实在因为荷兰人在这里曾有过一百多年繁荣的历史的缘故。一七九五年，当拿破仑战争未息之前，马六甲管辖权移归了英国东印度公司。一八一五年因维也纳条约的结果，旧地复归还了荷属，等一八二四年的伦敦会议以后，英国终以苏门答腊和荷兰换回了这马六甲的治权。

关于马六甲的这一段短短的历史，简叙起来，也不过数百字的光景，可是这中间的杀伐流血，以及无名英雄的为国捐躯，为公殉义的伟烈丰功，又有谁能够仔细说得尽哩！

所以，圣保罗山下的市政厅大门，现在还有人在叫作“斯泰脱乎斯”的大门的，“斯泰脱乎斯”者，就是荷兰文——Stadt-Huys的遗音，也就是英文Town-House或City-House的意思。

我们从市政厅的前门绕过，穿过图书馆的二楼，上阅兵台，到了旧圣保罗教堂的废墟门外的时候，前面那望楼上的旗帜已经在收下来了，正是太阳平西，将近午后四点钟的样子。伟大的圣保罗教堂，就单单只看了它的颓垣残垒，也可以想见得到当日的壮丽堂皇。迄今四五百年，雨打风吹，有几处早已没有了屋顶，但是周围的墙壁，以及正殿中上一层的石屋顶，仍旧是屹然不动，有泰山磐石般的外貌。我想起了三宝公到此地时的这周围的景象，我又想起了我们大陆国民不善经营海外殖民事业的缺憾；到现在被强邻压境，弄得半壁江山，尽染上腥污，大半原因，也就在这一点国民太无冒险心，国家太无深谋远虑的弱点之上。

市政厅的建筑全部，以及这圣保罗山的废墟，听说都由马六甲的史迹保存会的建议，请政府用意保护着的；所以直到了数百年后的今日，我们还见得到当时的荷兰式的房屋，以及圣保罗教堂里的一个上面盖有小方格铁板的石穴。这石穴的由来，就因十六世纪中叶的圣芳济（St. Francis Xavier）去中国传教，中途病故，遗体于运往卧亚（Goa）之前，曾在此穴内埋葬过五个月（一五五三年三月至同年八月）的因缘。废墟的前后，尽是坟茔，而且在这废墟的堂上，圣芳济遗体虚穴的周围，也陈列着许多四五百年以前的墓碑。墓碑之中，以荷兰文的碑铭为最多，其间也还有一两块葡萄牙文的墓碑在哩！

参观了这圣保罗山以后，我们的车就遵行着"彭大希利"的大道，驶向了东面圣约翰山的故垒。这山头的故垒，还是葡萄牙人的建筑，炮口向内，用意分明是防止本土人的袭击的，炮垒中的堑壕坚强如故；听说还有一条地道，可以从这山顶通行到海边福脱路的旧叠门边。这时候夕阳的残照，把海水染得浓蓝，把这一座故垒，晒得赭黑，我独立在雉堞的缺处，向东面远眺了一回马来亚南部最高的一支远山，就也默默地想起了萨雁门的那一首"六代豪华，春去也，更无消息"的金陵怀古之词。

从圣约翰山下来，向南洋最有名的那一个飞机型的新式病院前的武极巴拉（Bukit Palah）山下经过，赶上青云亭的坟山，去向三宝殿致敬的时候，平地上已经见不到阳光了。

三宝殿在青云亭坟山三宝山的西北麓，门朝东北，门前几棵红豆大树作旗幛。殿后有三宝井，听说井水甘洌，可以治疾病，市民不远千里，都来灌取。坟山中的古墓，有皇明碑纪的，据说现尚存有两穴。但我所见到的却是坟山北麓，离三宝殿约有数百步远的一穴黄氏的古茔。碑文记有“显考维弘黄公，妣寿妲谢氏墓，皇明壬戌仲冬谷旦，孝男黄子、黄辰同立”字样，自然是三百年以前，我们同胞的开荒远祖了。

晚上，在何葆仁先生的招待席散以后，我们又上中国在南洋最古的一间佛庙青云亭去参拜了一回。青云亭是明末遗民，逃来南洋，以帮会势力而扶植侨民利益的最古的一所公共建筑物。这庙的后进，有一神殿，供着两位明代衣冠，发须楚楚的塑像，长生禄位牌上，记有开基甲国的甲必丹芳杨郑公及继理宏业的甲必丹君常李公的名字；在这庙的旁边一间碑亭里，听说还有两块石碑树立在那里，是记这两公的英伟事迹的，但因为暗夜无灯，终于没有拜读的机会。

走马看花，马六甲的五百年的古迹，总算匆匆地在半天之内看完了。于走回旅舍之前，又从歪斜得如中国街巷一样的一条娘惹街头经过，在昏黄的电灯底下谈着走着，简直使人感觉到不像是在异邦飘泊的样子。马六甲实在是名符其实的一座古城，尤其是从我们中国人看来。

回旅舍洗过了澡，含着纸烟，躺在回廊的藤椅上举头在望海角天空的时候，从星光里，忽而得着了一个奇想。譬如说吧，正当这一个时候，旅舍的侍者，可以拿一个名刺，带领一个人进来访我。我们中间可以展开一次上下古今的长谈。长谈里，可以有未经人道的史实，可以有悲壮的英雄抗敌的故事，还可以有缠绵哀艳的情史。于送这一位不识之客去后，看看手表，当在午前三四点钟的时候。我倘再回忆一下这一位怪客的谈吐、装饰，就可以发现他并不是现代的人。再寻他的名片，也许会寻不着了。第二天起来，若问侍者以昨晚你带来见我的那位客人（可以是我们的同胞，也可以是穿着传教师西装的外国人），究竟是谁？侍者们都可以一致否认，说并没有这一回事。这岂不是一篇绝好的小说么？这小说的题目，并且也是现成的，就叫作《古城夜话》或《马六甲夜话》，岂不是就可以了么？

我想着想着，抽尽了好几支烟卷，终于被海风所诱拂，沉入到忘我的梦里去了。第二天的下午，同样地在柏油大道上飞驰了半天，在麻坡与峇株巴辖过了两渡，当黄昏的阴影盖上柔佛长堤桥面的时候，我又重回到了新加坡的市内。《马六甲夜话》、《古城夜话》，这一篇——Imaginary Conversations——幻想中的对话录，我想总有一天会把它记叙出来。

闲书

春天的好处，在于人的不大想吃饭；春天的坏处，在于人的不大想做事。"终日昏昏醉梦间"，这便是春天的神致。

饮食男女在福州

福州的食品，向来就很为外省人所赏识；前十余年在北平，说起私家的厨子，我们总同声一致地赞成刘崧生先生和林宗孟先生家里的蔬菜的可口。当时宣武门外的忠信堂正在流行，而这忠信堂的主人，就系旧日刘家的厨子，曾经做过清室的御厨房的。上海的小有天以及现在早已歇业了的消闲别墅，在粤菜还没有征服上海之先，也曾盛行过一时。面食里的伊府面，听说还是汀州伊墨卿太守的创作；太守住扬州日久，与袁子才也时相往来，可惜他没有像随园老人那么的好事，留下一本食谱来，教给我们以烹调之法；否则，这一个福建萨伐郎（Savarin）的荣誉，也早就可以驰名海外了。

福建菜的所以会这样著名，而实际上却也实在是丰盛不过的原因，第一，当然是由于天然物产的富足。福建全省，东南并海，西北多山，所以山珍海味，一例的都贱如泥沙。听说沿海的居民，不必忧虑饥饿，大海潮回，只消上海滨去走走，就可以拾一篮海货来充作食品。又加以地气温暖，土质腴厚，森林蔬菜，随处都可以培植，随时都可以采撷。一年四季，笋类菜类，常是不断；野菜的味道，吃起来又比别处的来得鲜甜。福建既有了这样丰富的天产，再加上以在外省各地游宦营商者的数目的众多，作料采从本地，烹制学自外方，五味调和，百珍并列，于是乎闽菜之名，就喧传在饕餮家的口上了。清初周亮工著的《闽小纪》两卷，记述食品处独多，按理原也是应该的。

福州海味，在春三二月间，最流行而最肥美的，要算来自长乐的蚌肉，与海滨一带多有的蛎房。《闽小纪》里所说的西施舌，不知是否指蚌肉而言；色白而腴，味脆且鲜，以鸡汤煮得适宜，长圆的蚌肉，实在是色香味俱佳的神品。听说从前有一位海军当局者，老母病剧，颇思乡味；远在千里外，欲得一蚌肉，以解死前一刻的渴慕，部长纯孝，就以飞机运蚌肉至都。从这一件轶事看来，也可想见这蚌肉的风味了。我这一回赶上福州，正及蚌肉上市的时候，所以红烧白煮，吃尽了几百个蚌，总算也是此生的豪举，特笔记此，聊志口福。

蛎房并不是福州独有的特产，但福建的蛎房，却比江浙沿海一带所产的，特别地肥嫩清洁。正二三月间，沿路的摊头店里，到处都堆满着这淡蓝色的水包肉；价钱的廉，味道的鲜，比到东坡在岭南所贪食的蚝，当然只会得超过。可惜苏公不曾到闽海去谪居，否则，阳羡之田，可以不买，苏氏子孙，或将永寓在三山二塔之下，也说不定。福州人叫蛎房作“地衣”，略带“挨”字的尾声，写起字来，我想只有“蜓”字，可以当得。

在清初的时候，江瑶柱似乎还没有现在那么地通行，所以周亮工再三地称道，誉为逸品。在目下的福州，江瑶柱却并没有人提起了，鱼翅席上，缺少不得的，倒是一种类似宁波横脚蟹的蟳蟹，福州人叫作“新恩”，《闽小纪》里所说的虎蟳，大约就是此物。据福州人说，蟳肉最滋补，也最容易消化，所以产妇病人以及体弱的人，往往爱吃。但由对蟹类素无好感的我看来，却仍赞成周亮工之言，终觉得质粗味劣，远不及蚌与蛎房或香螺的来得干脆。

福州海味的种类，除上述的三种以外，原也很多很多；但是别地方也有，我们平常在上海也常常吃得到的东西，记下来也没有什么价值，所以不说。至于与海错相对的山珍哩，却更是可以干制，可以输出的东西，益发地没有记述的必要了，所以在这里只想说一说叫作肉燕的那一种奇异的包皮。

初到福州，打从大街小巷里走过，看见好些店家，都有一个大砧头摆在店中；一两位壮强的男子，拿了木锥，只在对着砧上的一大块猪肉，一下一下地死劲地敲。把猪肉这样地乱敲乱打，究竟算什么回事？我每次看见，总觉得奇怪；后来向福州的朋友一打听，才知道这就是制肉燕的原料了。所谓肉燕者，就是将猪肉打得粉烂，和入面粉，然后再制成皮子，如包馄饨的外皮一样，用以来包制菜蔬的东西。听说这物事在福建，也只是福州独有的特产。

福州食品的味道，大抵重糖；有几家真正福州馆子里烧出来的鸡鸭四件，简直是同蜜饯的罐头一样，不杂入一粒盐花。因此福州人的牙齿，十人九坏。有一次去看三赛乐的闽剧，看见台上演戏的人，个个都是满口金黄；回头更向左右的观众一看，妇女子的嘴里也大半镶着全副的金色牙齿。于是天黄黄，地黄黄，弄得我这一向就痛恨金牙齿的偏执狂者，几乎想放声大哭，以为福州人故意在和我捣乱。

将这些脱嫌糖重的食味除起，若论到酒，则福州的那一种土黄酒，也还勉强可以喝得。周亮工所记的玉带春、梨花白、蓝家酒、碧霞酒、莲须白、河清、双夹、西施红、状元红等，我都不曾喝过，所以不敢品评。只有会城各处在卖的鸡老（酪）酒，颜色却和绍酒一样地红似琥珀，味道略苦，喝多了觉得头痛。听说这是以一生鸡，悬之酒中，等鸡肉鸡骨都化了后，然后开坛饮用的酒，自然也是越陈越好。福州酒店外面，都写酒库两字，发卖叫发扛，也是新奇得很的名称。以红糟酿的甜酒，味道有点像上海的甜白酒，不过颜色桃红，当是西施红等名目出处的由来。莆田的荔枝酒，颜色深红带黑，味甘甜如西班牙的宝德红葡萄，虽则名贵，但我却终不喜欢。福州一般宴客，喝的总还是绍兴花雕，价钱极贵，斤量又不足，而酒味也淡似沪杭各地，我觉得建庄终究不及京庄。

福州的水果花木，终年不断；橙柑、福橘、佛手、荔枝、龙眼、甘蔗、香蕉，以及茉莉、兰花、橄榄等等，都是全国闻名的品物；好事者且各有谱谍之著，我在这里，自然可以不说。

闽茶半出武夷，就是不是武夷之产，也往往借这名山为号召。铁罗汉，铁观音的两种，为茶中柳下惠，非红非绿，略带赭色；酒醉之后，喝它三杯两盏，头脑倒真能清醒一下。其他若龙团玉乳，大约名目总也不少，我不恋茶娇，终是俗客，深恐品评失当，贻笑大方，在这里只好轻轻放过。

从《闽小纪》中的记载看来，番薯似乎还是福建人开始从南洋运来的代食品；其后因种植的便利，食味的甘美，就流传到内地去了；这植物传播到中国来的时代，只在三百年前，是明末清初的时候，因亮工所记如此，不晓得究竟是否确实。不过福建的米麦，向来就说不足，现在也须仰给于外省或台湾，但田稻倒又可以一年两植。而福州正式的酒席，大抵总不吃饭散场，因为菜太丰盛了，吃到后来，总已个个饱满，用不着再以饭颗来充腹之故。

饮食处的有名处所，城内为树春园、南轩、河上酒家、可然亭等。味和小吃，亦佳且廉；仓前的鸭面，南门兜的素菜与牛肉馆，鼓楼西的水饺子铺，都是各有长处的小吃处；久吃了自然不对，偶尔去一试，倒也别有风味。城外在南台的西菜馆，有嘉宾、西宴台、法大、西来，以及前临闽江，内设戏台的广聚楼等。洪山桥畔的义心楼，以吃形同比目鱼的贴沙鱼著名；仓前山的快乐林，以吃小盘西洋菜见称，这些当然又是菜馆中的别调。至如我所寄寓的青年会食堂，地方精洁宽广，中西菜也可以吃吃，只是不同耶稣的飨宴十二门徒一样，不许顾客醉饮葡萄酒浆，所以正式请客，大感不便。

此外则福建特有的温泉浴场，如汤门外的百合、福龙泉，飞机场的乐天泉等，也备有饮馔供客；浴客往往在这些浴场里可以鬼混一天，不必出外去买酒买食，却也便利。从前听说更可以在个人池内男女同浴，则饮食男女，就不必分求，一举竟可以两得了。

要说福州的女子，先得说一说福建的人种。大约福建土著的最初老百姓，为南洋近边的海岛人种；所以面貌习俗，与日本的九州一带，有点相像。其后汉族南下，与这些土人杂婚，就成了无诸种族，系在春秋战国，吴越争霸之后。到得唐朝，大兵入境；相传当时曾杀尽了福建的男子，只留下女人，以配光身的兵士；故而直至现在，福州人还呼丈夫为“唐晡人”，晡者系日暮袭来的意思，同时女人的“诸娘仔”之名，也出来了。还有现在东门外北门外的许多工女农妇，头上仍带着三把银刀似的簪为发饰，俗称他们作三把刀，据说犹是当时的遗制。因为她们的父亲丈夫儿子，都被外来的征服者杀了；她们誓死不肯从敌，故而时时带着三把刀在身边，预备复仇。只今台湾的福建籍妓女，听说也是一样；亡国到了现在，也已经有好多年了，而她们却仍不肯与日本的嫖客同宿。若有人破此旧习，而与日本嫖客同宿一宵者，同人中就视作禽兽，耻不与伍，这又是多么悲壮的一幕惨剧！谁说犹唱后庭花处，商女都不知家国的兴亡哩！试看汉奸到处卖国，而妓女乃不肯辱身，其间相去，又岂只泾渭的不同？这一种古代的人种，与唐人杂婚之后，一部分不完全唐化，仍保留着他们固有的生活习惯，宗教仪式的，就是现在仍旧退居在北门外万山深处的畲民。此外的一族，以水上为家，明清以后，一向被视为贱民，不时受汉人的蹂躏的，相传其祖先系蒙古人。自元亡后，遂贬为疍户，俗呼科蹄。科蹄实为曲蹄之别音，因他们常常曲膝盘坐在船舱之内，两脚弯曲，故有此称。串通倭寇，骚扰沿海一带的居民，古时在泉州叫作泉郎的，就是这一种人种的旁支。

因为福州人种的血统，有这种种的沿革，所以福建人的面貌，和一般中原的汉族，有点两样。大致广颡深眼，鼻子与颧骨高突，两颊深陷成窝，下额部也稍稍尖凸向前。这一种面相，生在男人的身上，倒也并不觉得特别；但一生在女人的身上，高突部为嫩白的皮肉所调和，看起来却个个都是线条刻划分明，像是希腊古代的雕塑人形了。福州女子的另一特点，是在她们的皮色的细白。生长在深闺中的宦家小姐，不见天日，白腻原也应该；最奇怪的，却是那些住在城外的工农佣妇，也一例地有着那种嫩白微红，像刚施过脂粉似的皮肤。大约日夕灌溉的温泉浴是一种关系，吃的闽江江水，总也是一种关系。

我们从前没有居住过福建，心目中总只以为福建人种，是一种蛮族。后来到了那里，和他们的文化一接触，才晓得他们虽则开化得较迟，但进步得却很快；又因为东南是海港的关系，中西文化的交流，也比中原僻地为频繁，所以闽南的有些都市，简直繁华摩登得可以同上海来争甲乙。及至观察稍深，一移目到了福州的女性，更觉得她们的美的水准，比苏杭的女子要高好几倍；而装饰的入时，身体的康健，比到苏州的小型女子，又得高强数倍都不止。

“天生丽质难自弃”，表露欲，装饰欲，原是女性的特嗜；而福州女子所有的这一种显示本能，似乎比什么地方的人还要强一点。因而天晴气爽，或岁时伏腊，有迎神赛会的关头，南大街，仓前山一带，完全是美妇人披露的画廊。眼睛个个是灵敏深黑的，鼻梁个个是细长高突的，皮肤个个是柔嫩雪白的；此外还要加上以最摩登的衣饰，与来自巴黎纽约的化装品的香雾与红霞，你说这幅福州晴天午后的全景，美丽不美丽？迷人不迷人？

亦唯因此之故，所以也影响到了社会，影响到了风俗。国民经济破产，是全国到处都一样的事实；而这些妇女子们，又大半是不生产的中流以下的阶级。衣食不足，礼义廉耻之凋伤，原是自然的结果，故而在福州住不上几月，就时时有暗娼流行的风说，传到耳边上来。都市集中人口以后，这实在也是一种不可避免而急待解决的社会大问题。

说及了娼妓，自然不得不说一说福州的官娼。从前邵武诗人张亨甫，曾著过一部《南浦秋波录》，是专记南台一带的烟花韵事的；现在世业凋零，景气全落，这些乐户人家，完全没有旧日的豪奢影子了。福州最上流的官娼，叫作白面处，是同上海的长三一样的款式。听几位久住福州的朋友说，白面处近来门可罗雀，早已掉在没落的深渊里了；其次还勉强在维持市面的，是以卖嘴不卖身为标榜的清唱堂，无论何人，只须化三元法币，就能进去听三出戏。就是这一时号称极盛的清唱堂，现在也一家一家地废了业，只剩了田墩的三五家人家。自此以下，则完全是惨无人道的下等娼妓，与野鸡款式的无名密贩了，数目之多，求售之切，到了骇人听闻的地步。至于城内的暗娼，包月妇，零售处之类，只听见公安维持者等谈起过几次，报纸上见到过许多回，内容虽则无从调查，但演绎起来，旁证以社会的萧条，产业的不振，国步的艰难，与夫人口的过剩，总也不难举一反三，晓得她们的大概。

总之，福州的饮食男女，虽比别处稍觉得奢侈，而福州的社会状态，比别处也并不见得十分地堕落。说到两性的纵弛，人欲的横流，则与风土气候有关，次热带的境内，自然要比温带寒带为剧烈。而食品的丰富，女子一般姣美与健康，却是我们不曾到过福建的人所意想不到的发见。

一九三六年六月二日

日本的文化生活

无论那一个中国人，初到日本的几个月中间，最感觉到苦痛的，当是饮食起居的不便。

房子是那么矮小的，睡觉是在铺地的席子上睡的，摆在四脚高盘里的菜蔬，不是一块烧鱼，就是几块同木片似的牛蒡。这是二三十年前，我们初去日本念书时的大概情形；大地震以后，都市西洋化了，建筑物当然改了旧观，饮食起居，和从前自然也是两样，可是在饮食浪费过度的中国人的眼里，总觉得日本的一般国民生活，远没有中国那么地舒适。

但是住得再久长一点，把初步的那些困难克服了以后，感觉就马上会大变起来；在中国社会里无论到什么地方去也得不到的那一种安稳之感，会使你把现实的物质上的痛苦忘掉，精神抖擞，心气和平，拼命地只想去搜求些足使智识开展的食粮。

若再在日本久住下去，滞留年限，到了三五年以上，则这岛国的粗茶淡饭，变得件件都足怀恋；生活的刻苦，山水的秀丽，精神的饱满，秩序的整然，回想起来，真觉得在那儿过的，是一段蓬莱岛上的仙境里的生涯，中国的社会，简直是一种乱杂无章，盲目的土拨鼠式的社会。

记得有一年在上海生病，忽而想起了学生时代在日本吃过的早餐酱汤的风味；教医院厨子去做来吃，做了几次，总做不像，后来终于上一位日本友人的家里去要了些来，从此胃口就日渐开了；这虽是我个人的生活的一端，但也可以看出日本的那一种简易生活的耐人寻味的地方。

而且正因为日本一般的国民生活是这么刻苦的结果，所以上下民众，都只向振作的一方面去精进。明治维新，到现在不过七八十年，而整个国家的进步，却尽可以和有千余年文化在后的英法德意比比；生于忧患，死于逸乐，这话确是中日两国一盛一衰的病源脉案。

刻苦精进，原是日本一般国民生活的倾向，但是另一面哩，大和民族，却也并不是不晓得享乐的野蛮原人。不过他们的享乐，他们的文化生活，不喜铺张，无伤大体；能在清淡中出奇趣，简易里寓深意，春花秋月，近水遥山，得天地自然之气独多，这，一半虽则也是奇山异水很多的日本地势使然，但一大半却也可以说是他们那些岛国民族的天性。

先以他们的文学来说吧，最精粹最特殊的古代文学，当然是三十一字母的和歌。写男女的恋情，写思妇怨男的哀慕，或写家国的兴亡，人生的流转，以及世事的无常，风花雪月的迷人等等，只有清清淡淡，疏疏落落的几句，就把乾坤今古的一切情感都包括得纤屑不遗了。至于后来兴起的俳句哩，又专以情韵取长，字句更长——只十七字母——而余韵余情，却似空中的柳浪，池上的微波，不知所自始，也不知其所终，飘飘忽忽，袅袅婷婷；短短的一句，你若细嚼反刍起来，会经年累月地使你如吃橄榄，越吃越有回味。最近有一位俳谐师高滨虚子，曾去欧洲试了一次俳句的行脚，从他的记行文字看来，到处只以和服草履作横行的这一位俳人，在异国的大都会，如伦敦、柏林等处，却也遭见了不少的热心作俳句的欧洲男女。他回国之后，且更闻有西欧数处在计划着出俳句的杂志。

其次，且看看他们的舞乐看！乐器的简单，会使你回想到中国从前唱“南风之熏矣”的上古时代去。一棹七弦或三弦琴，拨起来声音也并不响亮；再配上一个小鼓——是专配三弦琴的，如能乐，歌舞伎，净琉璃等演出的时候——同凤阳花鼓似的一个小鼓，敲起来，也只是冬冬的一种单调的鸣声。但是当能乐演到半酣，或净琉璃唱到吃紧，歌舞伎舞至极顶的关头，你眼看着台上面那种舒徐缓慢的舞态——日本舞的动作并不复杂，并无急调——耳神经听到几声琤琤琤与冬冬笃拍的声音，却自然而然地会得精神振作，全身被乐剧场面的情节吸引过去。以单纯取长，以清淡制胜的原理，你只教到日本的上等能乐舞台或歌舞伎座去一看，就可以体会得到。将这些来和西班牙舞的铜琶铁板，或中国戏的响鼓十番一比，觉得同是精神的娱乐，又何苦嘈嘈杂杂，闹得人头脑昏沉才能得到醍醐灌顶的妙味呢？

还有秦楼楚馆的清歌，和着三味线太鼓的哀音，你若当灯影阑珊的残夜，一个人独卧在“水晶帘卷近秋河”的楼上，远风吹过，听到它一声两声，真像是猿啼雁叫，会动荡你的心腑，不由你不扑簌簌地落下几点泪来；这一种悲凉的情调，也只有在日本，也只有从日本的简单乐器和歌曲里，才感味得到。

此外，还有一种合着琵琶来唱的歌；其源当然出于中国，但悲壮激昂，一经日本人的粗喉来一喝，却觉得中国的黑头二面，决没有那么地威武，与“春雨楼头尺八箫”的尺八，正足以代表两种不同的心境；因为尺八音脆且纤，如怨如慕，如泣如诉，迹近女性的缘故。

日本人一般的好作野外嬉游，也是为我们中国人所不及的地方。春过彼岸，樱花开作红云；京都的岚山丸山，东京的飞鸟上野，以及吉野等处，全国的津津曲曲，道路上差不多全是游春的男女。“家家扶得醉人归”的《春社》之诗，仿佛是为日本人而咏的样子。而祇园的夜樱与都踊，更可以使人魂销魄荡，把一春的尘土，刷落得点滴无余。秋天的枫叶红时，景状也是一样。此外则岁时伏腊，即景言游，凡潮汐干时，蕨薇生日，草菌簇起，以及萤火虫出现的晚上，大家出狩，可以谑浪笑傲，脱去形骸；至于元日的门松，端阳的张鲤祭雏，七夕的拜星，中元的盆踊，以及重九的栗糕等等，所奉行的虽系中国的年中行事，但一到日本，却也变成了很有意义的国民节会，盛大无伦。

日本人的庭园建筑，佛舍浮屠，又是一种精微简洁，能在单纯里装点出趣味来的妙艺。甚至家家户户的厕所旁边，都能装置出一方池水，几树楠天，洗涤得窗明宇洁，使你闻觉不到秽浊的薰蒸。

在日本习俗里最有趣味的一种幽闲雅事，是叫作茶道的那一番礼节；各人长跪在一堂，制茶者用了精致的茶具，规定而熟练的动作，将末茶冲入碗内，顺次递下，各喝取三口又半，直到最后，恰好喝完。进退有节，出入如仪，融融泄泄，真令人会想起唐宋以前，太平盛世的民风。

还有“生花”的插置，在日本也是一种有派别师承的妙技；一只瓦盆，或一个净瓶之内，插上几枝红绿不等的花枝松干，更加以些泥沙岩石的点缀，小小的一穿围里，可以使你看出无穷尽的多样一致的配合来。所费不多，而能使满室生春，这又是何等经济而又美观的家庭装饰！

日本人的和服，穿在男人的身上，倒也并不十分雅观；可是女性的长袖，以及腋下袖口露出来的七色的虹纹，与束腰带的颜色来一辉映，却又似万花缭乱中的蝴蝶的化身了。《蝴蝶夫人》这一出歌剧，能够耸动欧洲人的视听，一直到现在，也还不衰的原因，就在这里。

日本国民的注重清洁，也是值得我们钦佩的一件美德。无论上下中等的男女老幼，大抵总要每天洗一次澡；住在温泉区域以内的人，浴水火热，自地底涌出，不必烧煮，洗澡自然更觉简便；就是没有温泉水脉的通都大邑的居民，因为设备简洁，浴价便宜之故，大家都以洗澡为一天工作完了后的乐事。国民一般轻而易举的享受，第一要算这种价廉物美的公共浴场了，这些地方，中国人真要学学他们才行。

凡上面所说的各点，都是日本固有的文化生活的一小部分。自从欧洲文化输入以后，各都会都摩登化了，跳舞场，酒吧间，西乐会，电影院等等文化设备，几乎欧化到了不能再欧，现在连男女的服装，旧剧的布景说白，都带上了牛酪奶油的气味；银座大街的商店，门面改换了洋楼，名称也唤作了欧语，譬如水果饮食店的叫作Fruits Parlour，旗亭的叫作Cafe Vienna或Barcelona之类，到处都是；这一种摩登文化生活，我想叫上海人说来，也约略可以说得，并不是日本独有的东西，所以此地从略。

末了，还有日本的学校生活，医院生活，图书馆生活，以及海滨的避暑，山间的避寒，公园古迹胜地等处的闲游漫步生活，或日本阿尔泊斯与富士山的攀登，两国大力士的相扑等等，要说着实还可以说说，但天热头昏，挥汗执笔，终于不能详尽，只能等到下次有机会的时候，再来写了。

一九三六年八月在福州

给一位文学青年的公开状[①]

今天的风沙实在太大了，中午吃饭之后，我因为还要去教书，所以没有许多工夫，和你谈天。我坐在车上，一路地向北走去，沙石飞进了我的眼睛。一直到午后四点钟止，我的眼睛四周的红圈，还没有退尽。恐怕同学们见了要笑我，所以于上课堂之先，我从高窗口在日光大风里把一双眼睛曝晒了许多时。我今天上你那公寓里来看了你那一副样子，觉

① 文中所称“文学青年”，即为沈从文。1924年，在北京穷困潦倒的沈从文写信给当时已颇有文名的郁达夫求助。郁达夫得信便上门拜访，将自己的围巾赠予没有过冬衣服的沈从文，又拿出五块钱请他吃午饭，剩下的三块两毛几分，也留给了他。当晚，郁达夫激愤地写下此文。

得什么话也说不出来。现在我想趁着这大家已经睡寂了的几点钟工夫，把我要说的话，写一点在纸上。

平素不认识的可怜的朋友，或是写信来，或是亲自上我这里来的，很多很多；我因为想报答两位也是我素不认识而对于我却有十二分的同情过的朋友的厚恩起见，总尽我的力量帮助他们。可是我的力量太薄弱了，可怜的朋友太多了，所以结果近来弄得我自家连一条棉裤也没有。这几天来天气变得很冷，我老想买一件外套，但终于没有买成。尤其是使我羞恼的，因为恰逢此刻，我和同学们所读的书里，正有一篇俄国郭哥儿[1]著的嘲弄像我们一类人的小说《外套》。现在我的经济状态比从前并没有什么宽裕，从数目上讲起来，反而比从前要少——因为现在我不能向家里去要钱花，每月的教书钱，客面上虽则有五十三加六十四合一百十七块，但实际上拿得到的只有三十三四块——而我的嗜好日深，每月光是烟酒的账，也要开销二十多块。我曾经立过几次对天的深誓，想把这一笔糜费戒省下来；但愈是没有钱的时候，愈想喝酒吸烟。向你讲这一番苦话，并不是因为怕你要来问我借钱，而先事预防，我不过欲以我的身体来做一个证据，证明目下的中国社会的不合理，以大学校毕业的资格来糊口的你

---

① 郭哥儿：现通译作果戈理（1809—1852），俄国批判现实主义作家，代表作有《死魂灵》等。

那种见解的错误罢了。

引诱你到北京来的，是一个国立大学毕业的头衔；你告诉我说你的心里，总想在国立大学弄到毕业，毕业以后至少生计问题总可以解决。现在学校都已考完，你一个国立大学也进不去，接济你的资金的人，大因他自家的地位摇动，无钱寄你；你去投奔你同县而且带有亲属的大慈善家H，H又不纳。穷极无路，只好写封信给一个和你素不相识而你也明明知道是和你一样地穷的我。在这时候这样的状态之下，你还要口口声声地说什么大学教育，“念书”，我真佩服你的坚忍不拔的雄心。不过佩服虽可佩服，但是你的思想的简单愚直，也却是一样地可惊可异。现在你已经是变成了中性——半去势的文人了，有许多事情，譬如说高尚一点的，去当土匪，卑微一点的，去拉洋车等事情，你已经是干不了的了；难道你还嫌不足，还要想穿几年长袍，做几篇白话诗，短篇小说，达到你的全去势的目的么？大学毕业，以后就可以有饭吃，你这一种定理，是哪一本书上翻来的？

像你这样一个白脸长身，一无依靠的文学青年，即使将面包和泪吃，勤勤恳恳地在大学窗下住它五六年，难道你拿到毕业文凭的那一天，天上就忽而会下起珍珠白米的雨来的么？

现在不要说中国全国，就是在北京的一区里头，你且去站在十字街头，看见穿长袍黑马褂或哔叽旧洋服的人，你且试对他们行一个礼，问他们一个人要一个名片来看看，我恐怕你不上半天，就可以积起一大堆的什么学士，什么博士来，你苦再行一个礼，问一问他们的职业，我恐怕他们都要红红脸说："兄弟是在这里找事情的。"他们是什么？他们都是大学毕业生呀，你能和他们一样地有钱读书么？你能和他们一样地有钱买长袍黑马褂哔叽洋服么？即使你也和他们一样地有了读书买衣服的钱，你能保得住你毕业的时候，事情会来找你么？

大学毕业生坐汽车，吸大烟，一攫千金的人原是有的。然而他们都是为新上台的大老经手减价卖职的人，都是有大刀枪杆在后面援助的人，都是有几个什么长在他们父兄身上的人；再粗一点说，他们至少也都是会爬乌龟钻狗洞的人；你要有他们那么的后援，或他们那么的乌龟本领，狗本领，那么你就是大学不毕业，何尝不可以吃饭？

我说了这半天，不过想把你的求学读书，大学毕业的迷梦打破而已。现在为你计，最上的上策，是去找一点事情干干。然而土匪你是当不了的，洋车你也拉不了的；报馆的校对，图书馆的拿书者，家庭教师，看护男，门房，旅馆火车菜馆的伙计，因为没有人可以介绍，你也是当不了的——我当然是没有能力替你介绍——所以最上的上策，于你是不成功的了。其次你就去革命去吧，去制造炸弹去吧！但是革命是不是同割枯草一样，用了你那裁纸的小刀，就可以革得成的呢？炸弹是不是可以用了你头发上的灰垢和半年不换的袜底里的污泥来调合的呢；这些事情，你去问上帝去吧！我也不知道。

比较上可以做得到，并且也不失为中策的，我看还是弄几个旅费，回到湖南你的故土，去找出四五年你不曾见过的老母和你的小妹妹来，第一天相持对哭一天；第二天因为哭了伤心，可以在床上你的草窠里睡去一天，既可以休养，又可以省几粒米下来熬稀粥；第三天以后，你和你的母亲妹妹，若没有衣服穿，不妨三人紧紧地挤在一处，以体热互助的结果，同冬天雪夜的群羊一样，倒可以使你的老母，不至冻伤；若没有米吃，你在日中天暖一点的时候，不妨把年老的母亲交付给你妹妹的身体烘着，你自己可以上村前村后去掘一点草根树根来煮汤吃，草根树根里也有淀粉，我的祖母未死的时候，常把洪杨乱日，她老人家尝过的这滋味说给我听，我所以知道。现在我既没有余钱，可以赠你，就把这秘方相传，作个我们两位穷汉，在京华尘土里相遇的纪念吧！若说草根树根，也被你们的督军省长师长议员知事掘完，你无论走往何处再也找不出一块一截来的时候，那么你且咽着自家的口水，同唱戏似的把北京的豪富人家的蔬菜，有色有香地说给你的老母亲小妹妹听听；至少在未死前的一刻半刻钟中间，你们三个昏乱的脑子里，总可以大事铺张地享乐一回。

但是我听你说，你的故乡连年兵燹，房屋田产都已毁尽，老母弱妹，也不知是生是死，五年来音信不通；并且现在回湖南的火车不开，就是有路费也回去不得，何况没有路费呢？

上策不行，次之中策也不行，现在我为你实在是没有什么法子好想了。不得已我就把两个下策来对你讲吧！

第一，现在听说天桥又在招兵，并且听说取得极宽，上自五十岁的老人起，下至十六七岁的少年止，一律都收；你若应募之后，马上开赴前敌，打死在租界以外的中国地界，虽然不能说是为国效忠，也可以算得是为招你的那个同胞效了命，岂不是比饿死冻死在你那公寓的斗室里，好得多吗？况且万一不开往前敌，或虽开往前敌而不打死的时候，只教你能保持你现在的这种纯洁的精神，只教你能有如现在想进大学读书一样的精神来宣传你的理想，难保你所属的一师一旅，不为你所感化。这是下策的第一个。

第二，这才是真真的下策了！你现在不是只愁没有地方住没有地方吃饭而又苦于没有勇气自杀么？你的没有能力做土匪，没有能力拉洋车，是我今天早晨在你公寓里第一眼看见你的时候，已经晓得的。但是有一件事情，我想你还能胜任的，要干的时候一定是干得到的。这是什么事情呢？啊啊，我真不愿意说出来——我并不是怕人家对我提起诉讼，说我在嗾使你做贼，啊呀，不愿意说倒说出来了，做贼，做贼，不错，我所说的这件事情，就是叫你去偷窃呀！

无论什么人的无论什么东西，只教你偷得着，尽管偷吧！偷到了，不被发觉，那么就可以把这你偷自他，他抢自第三人的，在现在的社会里称为赃物，在将来进步了的社会里，当然是要分归你有的东西，拿到当铺——我虽然不能为你介绍职业，但是像这样的当铺，却可以为你介绍几家——里去换钱用。万一发觉了呢？也没有什么。第一你坐坐监牢，房钱总可以不付了。第二监狱里的饭，虽然没有今天中午我请你的那家馆子里的那么好，但是饭钱可以不付的。第三或者什么什么司令，以军法从事，把你枭首示众的时候，那么你的无勇气的自杀，总算是他来代你执行了，也是你的一件快心的事情，因为这样的话在世上，实在是没有什么意思。

我写到这里，觉得没有话再可以和你说了，最后我且来告诉你一种实习的方法吧！

你若要实行上举的第二下策，最好是从亲近的熟人方面做起。譬如你那位同乡的亲戚老H家里，你可以先去试一试看。因为他的那些堆积在那里的财富，不过是方法手段不同罢了，实际上也是和你一样地偷来抢来的。你若再慑于他的慈和的笑里的尖刀，不敢去向他先试，那么不妨上我这里来作个破题儿试试，我晚上卧房的门常是不关，进来很便。不过有一件缺点，就是我这里没有什么值钱的物事。但是我有几本旧书，却很可以卖几个钱。你若来时，最好是预先通知我一下，我好多服一剂催眠药，早些睡下，因为近来身体不好，晚上老要失眠，怕与你的行动不便；还有一句话——你若来时，心肠应该要练得硬一点，不要因为是我的书的原因，致使你没有偷成，就放声大哭起来——

一九二四年十一月十三日午前二时

说食色与欲

食色性也，这是千真万确的事情。“朱门酒肉朽，野有饿死骨”，所以要有阶级斗争。一边是“后宫佳丽三千人”，“尽日君王看不足”，一边是“石壕村里夫妻别”，“夫戍萧关妾在吴”，所以要革命。然而食色两欲，因为是基本的欲望，满足满足是非常容易的。任你是一个怎样的大食家，只教有斗酒只鸡，三碗白饭，一个大饼，总也可以打得倒了。吃饱之后，就是何曾请客，再也吃不下去的。至于色字，我想无论怎样的精力家，最多十个女人也就可以对付了罢，经历过十个女人之后，就是西施太真，再也挑不起性欲来了，所以原始的基本欲望，是容易对付的；最难对付的，却是超出乎必要之外，有长无已，终而至于非变成病态不可的那一个抽象的欲字。哲学家或名之曰欲念，中国的旧套文章里所说的欲壑，就是这个东西。

照西洋哲学家说来，这一个欲字，是进化的主动力，因为有欲，大家才去做工，发明，贮蓄……然后才有社会，进化，文明……这原也不错，从欲念的好的方面说来，当然是如此的。可是在中国，这好的方面的欲念，反不见发达，而在作长足的进步的，却偏是这欲念所催生的坏的一方面的事实。中国人因为有欲，所以要去刮地皮，卖官爵，争地盘，×××，弄到后来，变得目的意识也完全忘了，甚而至于倒认手段就是目的。《儒林外史》里的一位吝啬者，到死时不肯断气，只在顾惜油灯里的两根灯草，决不是想象，却是中国社会里常有的事情。正唯其是如此，所以老子要劝人知足，佛家要苦说涅槃，叔本华要绝灭意欲，而罗素在说所有欲的务宜抑制，创造欲的必使增加，才是消灭战争的根本大法。哲人之教，诚然不错，但中国可惜是进化得太早了。

当欧洲产业革命未起来之先，中国在数千年前，就饱满了这些知足无为的大训，所以正应该激励欲念的生长，催发物质的进步的时代，中国倒落得个逍遥自在。及到十九世纪以后，西洋物质文明的绚烂华富，流入了中国，中国人之久苦于无为知足的干枯寂寞者，就一跃而从这极端跳到了那极端。于是江河日下，洪水滔天，我们中国人就成了一个创造由他们（西洋人）去创造，享乐且由我们来享乐的民族。斯般格拉[1]正在愁虑到西洋文化没落的年头，中国要人恰好是穿四十两银子一双的丝袜，开五十两银子一瓶的香槟酒的日子。霹雳一声，日本和其他各帝国主义的军队，堂堂开入了中国，穷苦老百姓，非但食色都无，连一条性命都保持不了了。忧国之士，才议论纷纭，思想起何以彼之能强，我之能弱来。于是守旧者，就说物质文明害了中国，急进者就说先知先觉，先圣先贤，便是造成现代中国积弱的罪魁。两方都说得有理，可是两方似乎都还没有说得全对。

总之，第一是“时机”的问题：中国正因进化得太早，便成了落后得太迟，当应当提倡物质文明的时代，只提倡了些幽灵似的精神文明。第二是“取舍”的问题：西洋物质文明，同时候侵蚀到了东方，而日本却取了它的好的一方面，中国只取了它的坏的一方面，譬如是一个胡桃，日本人取了它的肉，而中国人却只取了它的壳。

物质文明有什么罪呢？欲念又有什么罪呢？

---

① 斯般格拉：现通译作斯宾格勒（1880—1936），德国历史学家和历史哲学家，著有《西方的没落》。

炉边独语

一

言论自由，在中国还谈不到。据中国民权保障同盟的宣言——中国民众以革命的大牺牲所要求之民权，至今尚未实现，实为最可痛心之事。抑制舆论与非法逮捕杀戮之记载，几为报章所习见；甚至青年男女有时加以政治犯之嫌疑，遂不免秘密军法审判之处分——这样看来则欧洲中世在黑暗时代所给予百姓的人身享有权（Habeas Corpus），在中国还依然仍旧没有获得。三四千年前周厉王秦始皇当国的时候是如此，三四千年后革命成功的现在也还是如此。试问一个人对于自己的身体，都还不能保有安全，哪还有什么言论不言论呢？没有言论的人，是可以存在的，但世上是否可以有一种没有身体的人的？

英国小说家康泊东·麦干茾，最近因为写了一篇回忆录，漏泄了大战中当他在希腊英国情报部服务时候的秘密，被罚了两千元。这事情幸亏是发生在自由主义摇篮地的英国，所以C. M. 的首级保住了，假使是在中国的话，大家试想想，结果将变成怎么的一个样子？萧伯纳倚老卖老，说英国可以放弃印度，结果也只受了一次殖民地总督的警告，试想想这事情若发生在中国，则又将闹成怎样的结局。

所以我感在目下的中国，要主张争取言论自由，还是主张者的一种奢侈。

二

王薇子先生，以陈紫荷画的《秋风马背图》索题，两三月来，不曾缴卷，现在偶尔翻阅日记，见到了这一件事情，就想出了四句歪诗：

一幅青春失意图，残山剩水认模糊。

秋风马背仙霞岭，载得船娘九姓无？

因为他当时正从福建失意回来，所以便想到了宝竹坡的江山船，这事情是从《李莼客日记》里看来的。

三

偶然翻开王仲瞿《烟霞万古楼集》，看见了一首他示三岁儿子善才的诗，觉得有趣之至，抄在下面。

> 善才生二十五月矣，计识得二百五十余字，示以诗云：
> 阿爷四岁识千字，一一形书晓其义，
> 儿今三岁字二百，他日为文定奇特。
> 人间识字天上嗤，阿爷自误还误儿，儿莫学阿爷！
> 知书娘道好，至今饿死无人保，
> 夷齐庙里要香烟，谁捧藜羹到门祷？
> 阿爷配食两庑去，赖尔门庭来洒扫。
> 秦皇烧书黑如炭，豫让吞之不当饭，
> 鱼盐作相盗作将，天下功名在屠贩。
> 儿不闻，仓颉作字鬼神哭，从此文人食无粟。
> 又不闻，轩辕黄帝不用一字丁，风后力牧为公卿。

王仲瞿奇才不遇，诗像是太史公的文章。曾在杭州武林门外两马塍之间和夫人金秋红结王庵以偕隐，现在已经没有人晓得这王庵的遗址了。友人陈紫荷为他撰过年谱，但因材料不多，中途废止。每谈到“江东余子老王郎，来抱琵琶哭大王”之句，还是慷慨激昂，说总有一天要把这王仲瞿的年谱编成。

四

悲哀之词易工，也是自然之势。因为人的感情，快活的时候，是弛放的，悲哀的时候，是紧张的。子食于丧者之侧，未尝饱也，悲哀的感染，比快乐当然更来得速而且切。李后主亡国之后的词，简直是一字一泪，无论何人读了，也不得不为他肠断，比起前期“花明月暗笼轻雾”来，自然是“多少恨昨夜梦魂中”好得多了。还有欣赏文学的心境，中国人与外国人似乎稍微有点不同。外国人就文论文，似乎以倾向于艺术至上主义者为多。譬如英国人读贝伦、奢来之诗，对于诗人们的乱伦悖德的私行，完全置之度外。还有维农的强盗杀人，蓝鲍的色情倒错，在法国都不妨碍他们的大诗人的声誉。而中国人则当读到文天祥、岳武穆的诗歌的时候，首先想起的，却是这些作者的人格的背景。从这一方面说来，又是悲剧比喜剧更容易成功的一个秘诀。严分宜、阮大铖，诗并非不佳，然而没有人去读，就因为他们的人格卑污，不能构成悲壮美的背景的缘故。

说春游

春天的好处，在于人的不大想吃饭；春天的坏处，在于人的不大想做事。“终日昏昏醉梦间”，这便是春天的神致。醉了做梦，自然是不想吃饭，也不想做事情了，但是例外却也有，燔间乞食的齐人，就是可以破坏这定例的例外。总之春天不是读书天，春服既成，春情初动，踏青扫墓，还愿进香，倒似乎是春天的唯一的正经。李太白的春夜宴桃李园的一序，真正是能够把捉住春天的心理的大块文章，中国颓废诗人的哲学，在此短短一序里，也可以见一斑了。

但是李白也并不是一味出卖颓废的诗人，同时在他的建丑月十五日虎丘山夜宴序里，他也曾说明了他的可以颓废的原委。“方今内有夔龙皋伊，以佐百揆，外有方叔召虎，以守四方，江海之人，高枕无事，则琴壶以宴友朋，啸歌以展霞月，吾党之职也……”回头来一看我们中国目下的现状，却是如何？但远火似乎终于烧不着近水，华北的烽烟，当然是与我们无关，所以沪杭路局，尽可以开游春的特别专车，电影皇后，也可以张永夜的舞场清宴。

说到游，原并不是坏事。《礼记·月令篇》说：“仲夏之月，可以远眺望，可以升山陵。”况且孔子北游，喟然而叹，迫二三子之各言其志。太史公游览名山大川，而文章以著。德国中世，子弟之修了修业年期者，必使之出游，以广见闻，所以于修业年限（Lehrjahre）之后，必有游历年限（Wanderjahre）的规定。像这一种游历，是有所得的远游，是点缀太平的人事，原也未可厚非。不过中国到了目下的这一个现状，饿骨满郊而烽烟遍地，有闲有产的阶级，该不该这么地浪费，倒还是一个问题。

虽然，游春可以不忘救国，救国也可以不忘游春，但这句话是真的吗？

睡病颂

新近听见美国流行有一种睡病，势甚猖獗。虽则症状如何，我还不大明白，但从病名上看来，倒觉得是一种可喜的疾病。

第一，若将这一种类似寒热的病源菌研究出来，加以相当的中和而行注射，则有失眠症者，以后可以不患不能睡觉了。

第二，有怕老婆，有不了事，以及有晕船病，和遭遇不幸的人，要想救一救暂时的急者，也可以享受享受这酣睡的乐趣，美国作家华盛顿·欧文著的那篇有名的短篇《立泊·凡·允格耳》中的理想，到此才可以毫不费力地实现出来，岂不是一件快事。

但世人的对这睡病的恐怖，似乎是因为怕它的一发而不能复醒。这，我想也不过是人无远虑的一种浅见，由想得通的人看来，长眠与短睡，原是没有什么大不了的差异的。譬如我们现代的沉醉于鸦片赌博，沉醉于醇酒妇人，沉醉于金钱权势地位的大中华同胞，一染上了习惯，何尝会有醒悟的时候呢？

暑期已过，新秋的凉爽节季又来了，我希望朝野上下，热心于名利，角逐在武坛、文坛的众同胞，都能去求一点睡病菌来酣睡酣睡，休养休养。这比到远上庐山，漫游青岛，去解避暑热总要简单便利得多。

秋阴蕞记

一　买书者言

前两三年，英国 Holbrook Jackson 印行了一部 *Anatomy of Bibliomania* 的大著。这部《爱书狂的解剖》的内容丰富，引证赅博，真可以和 Robert Burton 的 *Anatomy of Melancholy* 比比。爱书狂者的心理，古今中外，似乎都是一例的。中国有宋版蝴蝶装、明印绵纸等等的研究，外国人的收藏家，也有不惜花去几万金元，买一册初版（First Edition）诗集或文集的人。例如勃朗蒂氏姊妹三人的诗集之由 Aylott and Jones 发行者，薄薄的一册 *Poems by Currer, Ellis, and Acton Bell* 可以卖到八九百镑或千镑以上的金洋。原因是因为有一天夏洛蒂忽而发现了爱弥丽的诗稿，姊妹三人就商议着自费来印行一部诗集，恰好伦敦的 Aylott & Jones 出版业者答应以三十镑的价钱来替她们印刷发行，但一年之后，这部诗集，只卖去了两本。姊妹三人，于送了几本给友人之外，就决定把其余的诗集去售给箱子铺里糊里子去了。但后来却以较好的条件，转让给了 Smith & Elder Co. 去出版，所以由 Aylott & Jones 印行的诗集，就可以卖得到那么的高价。

这一种珍本市价的抬高，中国自胡适之做了几篇小说考证之后，风气也流行开来了。现在弄得连一本木版黄纸的《三字经》、《百家姓》、《龙文鞭影》之类的启蒙书，都要卖到几块大洋一本。所谓国学，成了有钱的人的专门学问，没有钱的人，也落得习些爱皮西提，去求捷径，于是大腹贾的狡猾旧书商，就得其所哉，个个都发起财来了。

前数个月，施蛰存先生曾写过一篇上海滩上买西文旧籍的记事，但根据着我自己的经验来看，则上海滩上的西书旧籍，价钱亦复不贱。每逢看到了一册心爱的旧书，议价不成的时候，真有索性请希脱勒或秦始皇来专一专政的想头。但走到了街上，平心静气地一思索，中国的同胞，饥不得食，寒不得衣的人，还有好几千万在那里待毙，则又觉我辈的买书，也是和资本家们的狂欢醉舞是同样的恶德了。

二 绍兴酒价

中国笔记中，记唐时酒价的，每以“三百青铜钱”，或“美酒斗十千”等诗句为解答，实在不可靠得很，亦犹答黄河水源之从“天上来”三字了局，是一个样子。现在中国流行最广，而色香味并佳的酒，总之是绍兴酒了，而这绍兴酒的价钱，也真奇怪，每家每处，都是不同的。绍兴城里如何，我不晓得，即以北平、天津、汉口、南京、广州、上海等处来说，因地方的不同，而酒价有别，倒还可以说得，甚至在同一地方，于同一酒名之下，价钱还时有上落，这真是怪事了。当然酒的质地和分量的如何，更是另外一个问题。据我的经验说来，杭州的绍兴酒，的确要比别处便宜，这是质地分量上来说的话，至如有几家酒店，挂起几十年陈的一块招牌，动不动就是几元一斤，那却是欺人之谈了。前几日因为落雨，曾在岳墓前大醉过一场，顺口唱来，唱出了“十日秋阴水拍天，湖山虽好未容颠，但凭极贱杭州酒，烂醉西泠岳墓前”的二十八字，也是实写。绍兴酒以东浦、阮社两地的产品为佳，其余的地方，虽也有作坊，但味道总差一点，大约是水的关系。

谈结婚

前些日子，林语堂先生似乎曾说过女子的唯一事业，是在结婚。现在一位法国大文豪来沪，对去访问他的新闻记者的谈话之中，又似乎说，男子欲成事业，应该不要结婚。

华盛顿·欧文是一个独身的男子，但《见闻短记》里的一篇歌颂妻子的文章，却写得那么地优美可爱。同样查而斯·兰姆也是个独身的男子，而爱丽亚的《独身者的不平》一篇，又冷嘲热讽，将结婚的男女和婚后必然的果子——小孩们——等，俏皮到了那一步田地。

究竟是结婚的好呢，还是不结婚的好？这问题似乎同先有鸡呢还是先有鸡蛋一样，常常有人提起，而也常常没有人解决过的问题。照大体看来，想租房子的时候，是无眷莫问的，想做官的时候，又是朝里无裙莫做官的，想写文章的时候，是独身者不能写我的妻的，凡此种种似乎都是结婚的好。可是要想结婚，第一要有钱，第二要有闲，第三要有职，这潘驴……的五个条件，却也很不容易办到。更何况结婚之后，“儿子自己要来”，在这世界人口过剩，经济恐慌，教育破产，世风不古的时候，万一不慎，同兰姆所说的一样，儿子们去上了断头台，那真是连祖宗三代的霉都要倒尽，哪里还有什么“官人请！娘子请”的唱随之乐可说呢？

左思右想，总觉得结婚也不好的，不结婚也是不好的。中庸之道若在男女之婚姻上能适用的话，我倒很想把某先生驳覆林先生的话再来加以吟味，先将同胞们都化成了像魏忠贤一样的中性者来试试看如何？

苍蝇脚上的毫毛

一 解题

苍蝇脚上，究竟是不是同人类或禽类一样有毫毛，我可不晓得。此地的用这一个题目，意思是在表明微之又微、以至极微的代替形容词。自林语堂宣言了什么苍蝇宇宙以来，老看见有人用了这两字来回敬他；这原是很有趣味的文字的戏弄。但是偶用一次是有趣的文字，你用了两次，三次，四次，五次，六次，七次，八次，九次，十次，十一次，十×次之后，鲜味要失掉的。所以我在这里，首先得说明，并不是在效那第几十几次的颦，将苍蝇拿来作炮架，而说苍蝇的脚就是传染病毒的东西。

二 尚方宝剑

偶尔坐了洋车跑过苏堤，那位年老的洋车夫，在对了三潭印月的退省庵，喟然而作长叹。我问他："为什么？"他说："现在像彭宫保那样有尚方宝剑的刚直的人没有了，所以我们老百姓得吃苦。若像彭宫保那样的人现在有几个，把坏人绰拉绰拉地杀杀干净，岂不痛快。"我说："彭宫保的有没有尚方宝剑，我不晓得；但是他的先斩后奏的威风，只在安徽用了一次，杀了一个他自己部下的水师军官之奸占人妻而谋杀其夫者。但是现在皇帝没有了，你将怎么办呢？"他想了一想，愤愤地说："皇帝没有了，百姓总有的！"我又问他："假使你有了尚方宝剑，你头一个想杀什么人？"他说："张寿元！"我问："谁是张寿元？"他说："是他把我们的财产夺去的。"我问："第二个呢？"他说："是某某！"我又问："谁是某某？"他又气愤了起来说："说来说去你还不晓得么？这一个大家知道的天下世界最坏的坏人！"我不敢问下去了，因为在他的气性头上，若问他第三个的时候，说不定他就会回转头来，说一声："是坐在车上的你！"

前些日子，有一个教育机关，问我来要一篇告诫学生的文章；我因为和学生生活隔绝得太久了，所以先请了一位大学生，一位中学生，一位小学的高年级生来问他们以同样的问题。

大学生说："压迫学生，佯言不干，而暗弄枪花者斩！造了房子，而虚报账目者斩！把持学校，以学校为衙门者斩！……"他还要说下去，我说："慢来慢来，你要杀的人太多了，且听了第二位说了再讲。"

中学生说："我要斩的人，同大学生的意见一样，不过还要多几个。"

小学生说："更多了，不过从我们的切身问题讲来，是有两种人不得不斩的：一，以学校为发财宝库，不顾学生性命者，不得不斩；二，背后牵线，想造成清一色而舞弊营私者，不得不斩！"

如此说来，尚方宝剑，的确是忙得很。

三　相

看相，似乎是中国人的特技，但是外国也有很精练的人。外国的工场管理人，就须备有这一种技能，方称上选。听说他们雇工人的时候，总须相一番面貌，看这一个工人，会不会变成细胞而来煽动罢工。但不知工场管理法的课本里，讲到这条的时候，用的还是柳庄的系统呢，还是麻衣的系统。可见世事总无独而有偶，不但"古已有之"，亦且

“中外一律”的了。譬如说“点秀女”罢，外国也有标准美人的投票，外国也有总统的选举；法国革命的初期，并且还把“摸摸乐”脱得精光，抬着行街哩！

四　出气店

听说巴黎有一种店，店里陈设着极美丽细致脆薄的器皿，标上价目，旁边摆着一根铁杖，任顾客来敲打捣毁。敲完之后，算一算账，就此付钱了结。这一种店，生意兴隆，老有气愤愤的人跑来，一顿乱打，打得笑逐颜开，付钱而去。这一种店的名目叫作什么，我不晓得，就姑且叫它作出气店罢。英美的大都，据说这一种店是没有的，大约因为言论比较自由，大家都在纸上做文章了，所以可以省去一种特殊的营业。中国则更加自由了，妇女们受了气，可以上野外去号哭，叫花子受了气可以沿路而骂街；而且农村破产，国民经济枯完，这种店当然是开不得发的。可是《论语》却竟模仿了巴黎的企业者而变相地成功了，现在还更有许多攻击《论语》者，目的大约也不外此。总而言之，长歌当哭，幽默当哭，攻击幽默，闲情也当哭，反正是晦气了出气店里的器皿。

一九三四年十二月

编辑附记

本套“名家散文珍藏”丛书收入现当代文学名家的散文经典。

为了方便读者阅读，同时兼顾原作风貌，我们在编辑过程中，适当修改了明显的排印错误和个别容易造成理解混乱的字词及标点符号。对于体现作家鲜明创作个性的字词和反映当时行文习惯的标点符号予以保留。

图书在版编目(CIP)数据

郁达夫散文 / 郁达夫著. —杭州:浙江文艺出版社,2019.9
(名家散文珍藏)
ISBN 978-7-5339-5797-1

Ⅰ.①郁… Ⅱ.①郁… Ⅲ.①散文集—中国—现代 Ⅳ.①I266

中国版本图书馆CIP数据核字(2019)第185062号

责任编辑 邓东山
文字编辑 丁 辉
装帧设计 观止堂_未氓
责任校对 许龙桃
责任印制 张丽敏

郁达夫散文 YU DAFU SANWEN
郁达夫 著

出版 浙江文艺出版社
网址 www.zjwycbs.cn
经销 浙江省新华书店集团有限公司
制版 杭州天一图文制作有限公司
印刷 浙江新华数码印务有限公司
开本 850毫米×1168毫米 1/32
字数 137千字
印张 7.5
插页 5
印数 0001-6000
版次 2019年9月第1版
印次 2019年9月第1次印刷
书号 ISBN 978-7-5339-5797-1
定价 **42.00元**